Joyce` Vermächtnis
Hinterhältige Klausel

AF286078

Joyce` Vermächtnis
Hinterhältige Klausel

von

Madlen In

Die Deutsche Bibliothek - Cip Einheitsaufnahme

o2007 Madlen In
Alle Rechte vorbehalten
Umschlaggestaltung
von Madlen In unter Verwendung eines Fotos von
Amir Kaljikovic / Fotolia.com
Herstellung und Verlag: Books on Demand GmbH
Norderstedt

ISBN -13: 9783837003604

Inhalt

Joyce Angel, eine attraktive junge Frau, hatte sich alles ganz anders vorgestellt, als sie die Erbschaft ihrer Tante annahm.

Schnell verschlang das geerbte Haus Joyce` Ersparnisse und ohne eine Anstellung gab es keine rosige Zukunft.

Doch dann begegnete sie Wayne Stone und sie sah ein Licht am Ende des Tunnels. Aber dieses Licht warf einen bösen Schatten über Joyce und nur ein mysteriöser Zufall öffnete Joyce die Augen.

Der Gesang der Vögel hoch in den Baumwipfeln war wunderschön und beruhigend. Er erfüllte den riesigen, nach allen Seiten hin offenen Hof, der sich weit, fast bis ins Unendliche zu erstrecken schien. Das kleine Holzhaus, das mitten in dieser grünen Umgebung stand, war winzig und naturbelassen.

Joyce saß mit etwas verzweifelten Gedanken an ihrem Schreibtisch und schaute zum Fenster hinaus. In diesem Moment kreisten ihr viele Fragen durch den Kopf und sie dachte zurück an die Vergangenheit. Wie hatte sich doch alles verändert?!

So hatte sie sich das nicht vorgestellt. So sch-w-e-r!

Minuten später wandte sie den Blick vom Fenster und beendete ihre Arbeit für heute. Wieder lag ein Stapel großer Briefe vor ihr. Doch sie waren nicht an sie gerichtet. Es waren Bewerbungsunterlagen, die sie fertiggestellt hatte. Nur einige, von mittlerweile unzähligen Schreiben, die sie seit ihrer Ankunft zum Beginn des Frühlings bearbeitet hatte, um endlich zu einer neuen Anstellung zu gelangen.

»So, ihr geht gleich morgen früh auf die Reise«, flüsterte Joyce. Dann nahm sie den Stapel Briefe an sich und verließ das kleine Zimmer. In Gedanken versunken hörte Joyce nicht, dass sich ein Wagen der Lichtung näherte. Kurz darauf hielt der dunkelgraue schnittige Mercedes unmittelbar vor der offenen Haustür. Die Briefe dicht vor die Brust gedrückt stand Joyce in der Veranda, als plötzlich eine tiefe männliche Stimme in den Raum drang.

»Entschuldigen Sie bitte, bin ich hier richtig? Ich möchte zu Miss Angel, Joyce Angel!« Erschrocken fuhr Joyce herum.

»Vielleicht sind Sie es. Was wollen Sie ...?«

Sie brach mitten im Satz ab, denn der Anblick des

elegant gekleideten Fremden, der vor ihr stand, verschlug ihr die Sprache. Mit dem sicherlich maßgeschneiderten Anzug, dem schneeweißen Seidenhemd und der korrekt gebundenen Krawatte schien er nicht hierher zu passen. Das markante Gesicht des Mannes verriet Ungeduld, und Joyce bemerkte, dass er sie äußerst kritisch musterte. Joyce schloss den leicht geöffneten Mund, denn bei seinem Anblick überkam sie ein eigenartiges Gefühl.

Sie fragte sich: Woher kenne ich dieses Gesicht? Wo habe ich diesen Mann schon einmal gesehen?

Um ihre Fahrigkeit zu verbergen strich sie sich sinnierend über die Stirn.

»Verzeihen Sie meine Unhöflichkeit«, stotterte sie und entfernte die lange Haarsträhne, die sich mitten in ihrem Gesicht befand, »... aber ihr plötzliches Auftauchen hat mich so überrascht, das ich ... na ja«, sie stockte.

»Wir bekommen hier nämlich nur selten Besuch.« Heimlich dachte sie: Und wenn, dann nur von aufdringlichen Vertretern, wie er sicherlich auch einer ist.

»Was wollen Sie denn von Miss Angel?«, fragte sie und versuchte ein freundliches Gesicht zu machen.

Irgendetwas hielt sie davon ab, diesen unerwünschten Besucher wie üblich einfach abzuwimmeln. Hatte sie sich doch nicht zu erkennen gegeben um ihn schnellstmöglich wieder loswerden zu können. Nun erweckte dieser Fremde doch irgendwie ihre Neugierde, denn das Rätsel um ihn ermunterte sie, ein Gespräch mit ihm führen zu müssen. Gespannt erwartete sie seine Antwort und grübelte insgeheim: Wo und wann habe ich in diese Augen geschaut?

»Wayne Stone«, stellte sich der Mann endlich vor. Gleich darauf machte er eine - ihm unbewusste –

6

zermarternde Gefühlspause für Joyce und wartete ihre Reaktion ab. Joyce ahnte nicht, dass dieser Fremde diesen Moment auch nutzte, um ihr Zeit zu geben sich zu erinnern. Denn er erkannte sie jetzt genau und sein Herz pochte schnell.

Doch es waren Jahre seit ihrer letzten flüchtigen Begegnung vergangen und somit war es für Joyce schwer, `den Faden zu finden.`

Sie scheint sich nicht an mich zu erinnern, dachte Wayne, da sie keine Miene verzog, die darauf hindeutete. Wie sollte sie mich auch erkennen?, sagte er zu sich und ärgerte sich über seine innerliche Vermessenheit. Schließlich war es sehr lange her. Und inzwischen hatte sie sich zu einer jungen Frau entwickelt und führte ihr selbständiges Leben. Das durfte er nicht vergessen, und das Wörtchen `Wir` in ihrer Erklärung hatte wohl zu bedeuten, dass sie hier nicht allein lebte. Ja, Wayne Stone war mit einer bestimmten Absicht in diese einsame Waldsiedlung gekommen. Allerdings bezweifelte er schon jetzt, von dieser jungen Frau das zu bekommen, wonach er sich in den letzten Jahren gesehnt hatte.

»Was ich von Miss Angel will?«, wiederholte er Joyce` Worte nach einigem Zögern. »Ich fürchte gar nichts mehr. Denn es sieht so aus, als wäre ich wohl am falschen Ort gelandet, oder?«

Er schaute sich noch einmal skeptisch in der kleinen Veranda um, so, als würde er nach der richtigen Person suchen, bis sein prüfender Blick an der Frau, die vor ihm stand, hängenblieb. Er lenkte seine Aufmerksamkeit auf sie. Trotz des übergroßen T-Shirts und der weiten luftigen Stoffhose wirkte sie mädchenhaft zart - so wie sie ihm von damals in Erinnerung geblieben war. Die honigblonden langen Locken, zu einem Knoten gebunden, schienen sie reifer aussehen zu lassen, doch es passte nicht zu ihrem jungen Antlitz. Sie war es ...! Auch wenn sie ihre wahre Schönheit hinter dieser legeren Fassade verbarg.

Das Kinn energisch vorgeschoben blickte sie ihn herausfordernd an.

»Darf ich fragen, was Sie hierhergeführt hat?«

»Natürlich«, antwortete er ruhig, »wie schon erwähnt, ich bin auf der Suche nach Joyce Angel. Man sagte mir, sie sei hierhergezogen ...«

Er hielt inne, zog schnell einen großen Umschlag aus der Aktentasche und verbesserte sich.

»Sie soll, laut dieser Unterlagen, hier wohnen.«

Er legte den Briefumschlag auf dem Verandatisch ab.

»Aber wenn sie hier nicht wohnt ...«

Wayne musterte Joyce unverhohlen.

»Auf Sie passt die Beschreibung und das Foto nicht so recht«, meinte er leicht abwertend und traf ihren Blick zielgenau. Mit diesen Worten legte er ein Foto auf den Briefumschlag. Es zeigte ein lächelndes junges Mädchen mit langen blonden Locken. »Nein«, gab sie ihm Recht, wobei sie unter seinem durchdringenden Blick errötete. »Trotzdem sind Sie hier richtig, Mister Stone.« Joyce sah an sich herab und danach ertastete sie ihren Haarknoten. »Denn ...«, sie zögerte. »... die Frau auf dem Foto b-i-n doch ich. Verzeihen Sie mir, aber ich wusste doch nicht ...?« Wieder senkte sie den Blick.

»Dann sind S-i-e also Miss Angel, Miss Joyce Angel?«

Wayne Stone tat sichtlich überrascht.

»Ja, so ist es«, gab sie endlich zu. Jetzt bedauerte Joyce ihre Unehrlichkeit, denn anscheinend war dieser gut aussehende Mister Stone ein Überbringer einer guten Nachricht bezüglich der vielen Bewerbungsversuche, die sie seitdem sie hier wohnte unternommen hatte. Aber sein persönliches Auftauchen hier übertraf alles, was sie bisher erlebt hatte. Sie erwartete eine schriftliche Nachricht, da sie hier draußen kein Telefon besaß. Und zu einer Einladung zum Vorstellungsgespräch hätte sie sich ordentlich zurechtgemacht. Das hier war aber äußerst ungewöhnlich.

Waynes Ungeduld war nun einer brennenden Neugier gewichen. Die zartgebaute Frau vor ihm gab endlich zu Joyce Angel zu sein, die er zuletzt noch als Teenager gesehen hatte. Und allem Anschein nach lebte sie nicht allein, denn das erwähnte `Wir` und die Herrenschuhe vor dem kleinen Schränkchen in der Veranda verrieten die Anwesenheit eines Mannes.

Als Wayne Joyce` verlegenen Blick auffing, musste er unwillkürlich an ein kleines Kind, welches bei einer Übeltat erwischt wurde, denken. So war es doch auch, denn sie hatte gelogen.

Bevor sich die gespannte Atmosphäre zwischen Joyce und Wayne verstärken konnte, ertönte plötzlich Liltons Stimme.

»Ich habe eine schlechte Nachricht«, sagte er bebend und blieb erstaunt hinter dem Fremden stehen.

»Später Lilton!«, forderte Joyce und ihr Lächeln war eindeutig fingiert. »Darf ich dir Wayne Stone vorstellen, ich glaube, er hat eine gute Nachricht für mich.« Rasch wandte sich Wayne um und traf Liltons Blick. Höflich nickte er ihm zu, doch sein Gesichtsausdruck war erzwungen freundlich.

Schweißgebadet erwiderte Lilton das Nicken und ohne sich nach dem Grund für das Erscheinen, des - wie er glaubte - Vertreters, zu erkundigen, schimpfte er nur laut.

»Das Mistding hat endgültig den Geist aufgegeben. Was soll ich jetzt machen?«

Joyce durchruckte es kräftig. »Lilton, kannst du dich nicht ...«, wollte sie ihn zurechtweisen. »Was, wegen dem da?«, fuhr er sie an. Joyce` Wangen röteten sich. Natürlich hatte Lilton mit seiner Äußerung die Kreissäge gemeint und es war schon tragisch, dass das kostspielige Ding sie letztendlich doch im Stich ließ. Denn ohne die Säge würde Lilton kein Holz zuschneiden können, um damit die morschen Bretter am Haus austauschen zu können; ganz zu schweigen vom Bennholz für den Wintervorrat.

Wayne entging Joyce` sorgenvoller Gesichtsausdruck nicht, doch sie versuchte ihre Beunruhigung hinter einem Lächeln zu verstecken.

»Entschuldigen Sie bitte, Mister Stone«, flüsterte Joyce. In ihren Augen funkelte es. Es war, als träfe ein Sonnenstrahl auf einen Diamanten und Wayne ahnte, dass sie nah dem Weinen war. Er gab ihr ein Lächeln zurück und nahm damit die kleine Entschuldigung an. An Lilton gewandt forderte sie:

»Das ist doch nicht weiter tragisch. Beruhige dich!«

Damit versuchte sie, seine groben Äußerungen vor dem fremden Mann zu bremsen. Im Stillen hoffte sie auf Liltons Besonnenheit, doch anscheinend hatte er nicht vor, sich beruhigen zu wollen und Anstand vor dem Fremden zu zeigen.

»Nicht weiter tragisch!«, rief er unbeherrscht aus.

»Du hast wohl vergessen, was noch zu tun ist, um die Hütte hier in Schwung zu bringen. Und der Winter? Wir sind nicht mehr in unserer gemütlichen kleinen Wohnung mit Zentralheizung.«

Er wandte sich schnell ab und trabte wortlos zurück hinter`s Haus. Wayne und Joyce verharrten in ihrer

Starre und vernahmen plötzlich Liltons lautes Geschimpfe:

»Nicht tragisch, ha! An wem bleibt denn alles hängen? Soll ich das Holz mit der Axt klein kloppen?«
Die Worte wurden leiser, aber sie blieben verständlich und sie waren wie Stiche ins Herz für Joyce.

»Wer wollte denn in diese blöde Einöde? Mist, verdammter Mist ...!«
Joyce` Augen waren nun weit aufgerissen. Oft - viel zu oft - hatte Lilton ihr diesen scharfen Dolch ins Herz gejagt, denn er äußerte sich abfällig über den Entschluss, in das Haus eingezogen zu sein und bis nach dem Umbau ohne jeglichen Komfort leben zu müssen. Er war das bequeme Stadtleben gewöhnt, das sofort, abrupt endete als sie herzogen. Aber es war doch auch sein Wille, mit ihr in diesem Haus zu leben. Ja, er hatte Recht bezüglich der Säge, denn es war schon das dritte Mal in kurzer Zeit, dass diese hilfreiche Maschine bockte und jetzt ganz und gar nicht wollte. An die Folgen mochte Joyce vorerst nicht denken - nicht in diesem Moment - denn sie wusste nicht, womit sie eine neue Säge bezahlen sollte. Alle Ersparnisse hatte sie in das jetzt immer noch marode Haus gesteckt. Und obgleich sie sich stetig bemüht hatte, kam bislang noch keine erfreuliche Nachricht auf die unzähligen Bewerbungsschreiben, die sie versandt hatte. Obwohl Lilton gut Hand anlegte, um das Häuschen in Schuss zu bringen, war er doch etwas anders eingestellt als sie ...
Einen Moment lang wurde Joyce von einer tiefen Mutlosigkeit erfasst. Am liebsten hätte sie alles hingeworfen, um auf und davon zurück nach Amsburg zu gehen.
Alles könnte doch wieder so werden, wie es mal war ...
Wayne, der abwartend vor ihr stand, führte ihr ihre

Situation unbewusst noch deutlicher vor Augen, denn sein Blick schweifte nochmals durch die Veranda und er kratzte sich nachdenklich am Kinn.

»Hübsches Häuschen«, meinte er, »man könnte sehr viel daraus machen.«

Er strahlte so viel Selbstbewusstsein aus, dass es Joyce in seiner Gegenwart besonders schwerfiel, Optimismus und Zuversicht vorzutäuschen.

Nein, sie durfte nicht aufgeben! Auf ihr lastete die Verantwortung, die sie sich annahm. Und sie wollte ihr Vorhaben durchziehen. Energisch verscheuchte Joyce ihre kummervollen Gedanken und wandte sich wieder Wayne Stone zu.

»Verzeihen Sie, dass Sie diese Szene miterleben mussten. Aber Lilton ist manchmal etwas unbeherrscht. Nach dem Tod meiner Tante, die hier schon ihr ganzes Leben verbracht hatte, sind wir hierhergezogen. Zuerst faszinierte mich die Stille dieser begrünten Umgebung. So viel Ruhe, so viel pure Natur ...«

Plötzlich brach sie mitten im Satz ab und schaute geniert zu Wayne. Wayne, der ihren Worten mit Spannung folgte und sie dabei verträumt von oben bis unten musterte, protestierte sofort.

»Was denn? Weshalb reden Sie denn nicht weiter? Ich kann Sie wirklich verstehen!«

Joyce hob den gesenkten Kopf.

»Ich will Sie nicht mit meinen Gefühlen und Problemen belasten«, flüsterte sie und strich sich wieder die eine Strähne aus ihrem Gesicht.

Wayne besann sich nicht, er wollte hören, was sie hierhergeführt hatte.

»Doch doch, ich höre Ihnen gern zu«, erklärte er, »ich finde es sehr interessant.«

Aber Joyce wollte vom Thema weg, holte tief Luft,

legte die Hand auf den Brief, den Mister Stone auf den Verandatisch abgelegt hatte und meinte mit leisen Worten: »Sie sind doch sicherlich wegen dem hier herausgekommen? Kommen Sie doch bitte herein! Sie haben lange genug auf der Türschwelle gestanden.«

Joyce zog höflich einen Stuhl unter dem Verandatisch zurecht und nickte Wayne freundlich zu.

Doch wider Erwarten schüttelte Wayne verneinend mit dem Kopf. Joyce machte sofort ein betrübtes Gesicht und sagte: »Sie können doch hier besser ...«

Aber sie glaubte dann, er hätte es sich plötzlich überlegt und Liltons Auftritt sei ihm wieder aufgestoßen und hätte ihm die Laune genommen. Das war nun wirklich keine schöne und vorteilhafte Begrüßung gewesen.

Traurig schob sie den Stuhl zurück unter den Tisch und musste den Kloß, der in ihrer Kehle feststeckte, durch ein lautes Schlucken hinunterdrücken.

»Tut mir wirklich Leid, das mit Lilton«, hauchte sie beschämt mit gesenktem Kopf.

»Ach, das hab´ ich gar nicht wahrgenommen, Miss Angel. Das ist nicht meine Angelegenheit. Ich war nur gerade am falschem Ort«, sagte Wayne Stone zu Joyce` Überraschung sehr beschwichtigend. Dann schaute er auf den Hof, und als Joyce seinem Blick folgte verstand sie seinen Wunsch sofort.

Sogleich nickte sie ihm stumm zu und nahm den großen Briefumschlag in beide Hände. Zuerst zögerte sie, doch dann folgte sie dem elegant gekleideten Fremden, der es allem Anschein nach vorzog, sich statt in der Diele, lieber draußen mit ihr zu unterhalten.

Joyce schämte sich etwas wegen ihrer saloppen Kleidung, doch der fast schlendernd wirkende Gang des fein angezogenen Herrn vor ihr nahm ihr das Peingefühl ein wenig.

Der schmale Weg, der sich durch den Garten schlängelte, führte zu einer uralten Eiche. Angelehnt an den mächtigen Stamm des Baumes schien Mister Stone Joyce` Näherkommen irgendwie zu genießen. Seine hellblauen Augen strahlten ihr entgegen und bildeten einen interessanten Kontrast zu seinen dunklen Haaren. Ein seltenes Zusammenspiel, irgendwie faszinierend. Was hatte dieser Mann an sich? Sie fragte sich insgeheim: Weshalb verstärkt sich in mir das Gefühl, ihn von irgendwoher zu kennen? Wo hast du dieses Gesicht, dieses Glitzern in den Augen, jemals zuvor gesehen?

Joyce überfiel ein eigenartiges Kribbeln, fast ebenso stark, als sie ihm den ersten Blick geschenkt hatte.

Wayne Stone war gut und gerne zehn Jahre älter als sie, und obgleich sie ihm gegenüber Respekt zeigen wollte, übermannte sie plötzlich das Gefühl der starken Abwehr. Bevor sie sich ihm näherte, pumpte sie tief die frische Waldluft in sich hinein.

Irgendetwas verbot ihr, sich nach seinem eindringlichen, ja die Seele heraussaugenden Blick, mit dem er sie betrachtete, zu erkundigen. Alles sträubte sich in ihr, doch sie war nicht bereit ihn direkt danach zu fragen.

Was hatte er nur vor, weshalb war er denn nun wirklich hierhergekommen?, fragte sie sich und drückte den Umschlag fest an ihre Brust.

»Miss Angel!«, sprach er sie plötzlich an.

Joyce zuckte zusammen und schloss vor innerlicher Gespanntheit die Augen.

Sie rief sich zur Vernunft, aber es fiel ihr schwer.

»Wissen Sie ...«, sprach er weiter.

»Nein, ich glaub´, ich weiß gar nichts!«, unterbrach Joyce ihn.

Nun konnte sie sich nicht mehr zurückhalten und meinte vorwurfsvoll: »Ich sehe nur, dass Sie mich mit ihren Augen fast verschlingen. Es dürfte Ihnen nicht entgangen sein, dass ich nicht allein lebe. Und auch wenn Sie vielleicht eine erfreuliche Nachricht für mich haben ... unter diesen Umständen ...«

Sie wollte nicht, doch sie schnappte nach Luft.

»Na, Sie wissen schon, was ich meine.«

Es war heraus. Jedenfalls zum Teil, doch es war unmissverständlich. Sie hob die Lider, sah ihn fest an, was sie große Überwindung kostete und erwartete eindringlichst seine Äußerung darauf.

Wayne Stone nahm die Hand von der Rinde des Baumes. Eine seltsame Stille entstand. Es war, als würden auch die Vögel hoch oben in der Baumkrone verstummen. Wayne musste seine Gedanken erst sammeln. Hatte er sie denn wirklich mit seinen Augen regelrecht verschlungen? Das war doch nicht seine Absicht - oder ...?

Er suchte nach Worten.

»Aber Miss Angel ...!«, stotterte er betroffen.

»Verzeihen Sie bitte, wenn ich einen solchen Eindruck auf Sie gemacht habe.«

Joyce hielt den Atem an und lauschte seinen Worten mit zusammengepressten Lippen.

Wayne löste die Augen von Joyce und warf den Blick gen Himmel. Er wusste, dass sie Recht hatte. Er suchte schnell nach einer Ausrede und begann noch einmal von vorn: »Verzeihen Sie bitte, Miss Angel!«

Er räusperte sich laut und suchte wieder ihre blauen Augen.

»Ich wollte Sie nicht mit meiner Anwesenheit belästigen und wenn Sie sich durch mich angegriffen fühlen, tut es mir sehr Leid.«

Joyce drehte den Kopf zur Seite um seinen Blicken zu entfliehen. Dann rutschte der große Briefumschlag, den sie vor die Brust gepresst hielt, langsam an ihr hinunter. Die Formen ihrer Oberweite zeichneten sich ab und als sie es bemerkte, verschränkte sie unwillkürlich die Arme vor der Brust. Hatte sie sich eben noch von seinen entschuldigenden Worten etwas beruhigen lassen, stieg rasendschnell ein anderes Gefühl in ihr auf, welches sie doch so sehr unterdrücken wollte. Wayne Stone strahlte eine seltsame unerklärliche Vertrautheit auf sie aus. Wo nur ...? Woher kennst du diesen Mann?, fragte sie sich.

Um ihre Verwirrung zu verbergen entgegnete sie:

»Ich verzeihe Ihnen.« Sie nickte, aber noch immer mit zusammengepressten Lippen, setzte sie sich kurzerhand auf den Rasen und schaute zu Wayne auf.

»Sie wollten doch nicht in die Veranda«, sagte sie zu ihm und schlug sanft mit ihrer Hand auf die Wiese, die sich von hier angefangen, bis weit hinunter ins Tal zu erstrecken schien.

Wayne wartete nicht lange, zupfte sofort an seiner Jacketthose herum und platzierte sich sogleich neben sie. Im nächsten Moment streifte er die Jacke von den Schultern und warf sie achtlos einen Meter von sich weg. Joyce konnte nicht anders. Ihr entrann ein lautes Lachen. »Ich fass` es nicht!«

Joyce` Gefühlsausbruch erweckte in Lilton die Neugierde. Prüfend schielte er um die Hausecke, aber es ließ ihn kalt, er ließ den Dingen seinen Lauf. Noch niemals verspürte er das Gefühl der Eifersucht, denn Joyce hatte ihm nie einen Anlass dazu gegeben. Und auch nun gab er nichts darauf; er hatte Wichtigeres zu tun, als sich um die Albernheiten von Joyce zu kümmern.

»Was ist denn mit Ihnen passiert, Mister Stone?«, fragte Joyce völlig entgeistert.

Liltons prüfender Blick war ihr nicht entgangen, doch da sie von ihm sowieso keine Reaktion darauf erwartet hatte, widmete sie sich schnell wieder ihrem Besucher.

»Ihnen scheint es hier ja gut zu gefallen, Mister Stone!?«, fügte sie eiligst hinzu. Wayne streckte alle Glieder von sich, blieb aber sitzen und äußerte:

»Verzeihen Sie mir, Miss Angel ...«, er machte eine kleine Pause und ließ die Sonnenstrahlen in sein Gesicht fallen, »genau das ist es, was ich hier so herrlich finde. Ich glaub` auch, darauf beruht unser Missverständnis. Ich bin wohl etwas neidisch auf diesen Leben, was sie hier führen dürfen. Das alles, die Umgebung, die Ruhe und dann passend auch noch ... eine ebenso hübsche Hausherrin ... alles ist wie ein Traum. Verzeihen Sie, aber das ist mein bislang noch unerfüllter Traum.«

Wieder musste Joyce lachen.

»Sie sind ein rätselhafter Mensch. Haben Sie denn noch nie auf einer Wiese gesessen?«, fragte sie leicht sarkastisch.

Wayne traf ihren Blick und hauchte ihr zu:

»Jedenfalls nicht so!« Sofort musste er sich räuspern und nahm seiner Äußerung den zweideutigen Hintergrund. »Es ist einfach unbeschreiblich schön hier.«

Joyce` Gesichtsausdruck wurde ernst, doch sie unterdrückte ihre wahren Gedanken.

Sie richtete ihren Blick in die Ferne und antwortete:

»Ja, irgendwann hatte ich mich wohl daran gewöhnt. Und die Schönheit der Landschaft, auch die Ruhe, habe ich nicht mehr als ein besonderes Geschenk gesehen.« Ihr Blick sank hinunter auf die Wiese und aus den Augenwinkeln heraus betrachtete sie den fremden Mann neben ihr. Unter dem feinen Wollstoff seiner Hose zeichneten sich seine Schenkel ab, und Joyce heftete den Blick unwillkürlich auf seine festen Muskeln, die einen durchtrainierten Körper verrieten.

Wayne fühlte sich wohl wie lange nicht, aber er bemerkte Joyce` Musterung.

»Jetzt können wir uns in Ruhe unterhalten«, sagte er nach einer Weile und blickte Joyce an. »Hier draußen ist es doch viel gemütlicher als drinnen in der Veranda, nicht wahr?«

Ja, dachte Joyce im Stillen, beinahe zu gemütlich.

Einen Moment noch gab Wayne sich der behaglichen Stimmung hin. Hatte er sich je zuvor in einer ähnlich friedvollen Umgebung aufgehalten? Er konnte sich nicht entsinnen. Doch schließlich besann er sich auf sein eigentliches Kommen.

Mit geschäftsmäßig klingender Stimme begann er zu sprechen:

»Der Chef des Unternehmens - Cooper Versicherungen - Mister Cooper persönlich, bat mich, mit Ihnen in Kontakt zu treten. Einer jungen dynamischen Buchhalterin würde er in unserer Abteilung sehr gerne eine Chance geben wollen. Die zuverlässige Mistress Gerson, die diese Aufgabe seit vielen Jahren hervorragend ausübte, ist plötzlich schwer erkrankt. Doch bislang entpuppten sich alle Bewerberinnen als ungeeignet, denn sie hatten mehr Augen für die Angestellten der Abteilung als für ihre eigentliche Arbeit und sie vergaßen darüber völlig ihre Verantwortung. Sie müssen wissen, in unserem Unternehmen arbeiten fast ausschließlich männliche Personen. Eine kleine Macke, wie man so schön sagen kann, aber der Geschäftsführer setzt darauf: Nur Männer seien diesen Aufgaben gewachsen. Wenn, entschuldigen Sie bitte den direkten Ausdruck, «Weiberröcke» Versicherungen verkaufen, komme es nur zu Komplikationen mit den Kunden, die denken dann, sie hätten die Frau mit eingekauft. Und die Betreuung vervielfacht sich gewaltig. Aber gegen eine Buchhalterin, die ein wenig frischen Wind in die Abteilung bringt, hat auch Mister Cooper nichts einzuwenden. Drum ... na ja, er möchte Sie für diesen Job haben. Wenn Sie auch wollen, natürlich.«

Wayne nickte ihr zu und machte eine Pause. Dann sah er Joyce genau in die Augen und sprach:

»Außer den Reinigungskräften, die nach Geschäftsschluss die Räume des großen Gebäudes säubern ... sind Sie die einzige Frau!« Er nickte wieder und sinnierend griff er sich ans Kinn.

»Ich!«, stieß Joyce heraus. »Ich bin ... ich darf ...?«

Sie errötete. »Ich möchte sehr gern, aber ...«

Sie stockte. »Was wissen Sie schon über mich? Bezüglich meiner Fähigkeiten haben Sie mir nicht eine Frage gestellt.«

Waynes Stimme klang weich und einschmeichelnd, als er wieder das Wort ergriff.

»Ich habe Sie doch gerade kennengelernt. Und laut ihrer Referenzen sind Sie sehr gut mit den erforderlichen Arbeiten vertraut. Beweisen Sie doch einfach, dass Sie es können.«

Joyce dachte sich insgeheim: Wie kann ich hervorragend dafür geeignet sein, so viel Praxis hatte ich bislang noch gar nicht. Das ist viel Honig, aber mich soll es nicht stören.

»Nun werden Sie verstehen, weshalb ich Sie - und dann auch noch unangemeldet - aufgesucht habe. Der erste Eindruck ist der Richtige, fast immer und - Sie haben bestanden.«

Joyce fühlte sich geschmeichelt und nun erklärte sich sein persönliches Kommen. Er wollte sie testen und herausfinden, ob sie seinen sie eindringlichst durchbohrenden Blicken standhalten würde. Gewiss würde sie dann auch entsprechenden Blicken oder anzüglichen Bemerkungen der männlichen Firmenangestellten widerstehen können.

Joyce war von diesem ungewöhnlichen Einstellungsgespräch zwar beeindruckt, jedoch irgendetwas Rätselhaftes verbarg sich hinter der ganzen Sache.

Wayne nickte zuversichtlich und reichte Joyce die Hand. Joyce folgte seiner Geste und ihren Mund umspielte ein zufrieden aussehendes Lächeln. Seine Vorgehensweise war ihr fremd, aber wenn sie auf diese Weise auch zu einem Job kam, sollte es ihr doch recht sein. Joyce straffte die Schulter.

»Wann?«, sie hielt inne, setzte ein ernstes Gesicht auf und fragte von Neuem.

»Wann werden Sie mich denn brauchen?«

Wayne schob nachdenklich die Lippen übereinander und erklärte: »Wie ich bereits erwähnt hatte, ist Mrs. Gerson krank. Es wartet ein riesiger Berg unbearbeiteter Akten auf Sie, Miss Angel!«

Joyce riss die Augen auf. Wayne sah, wie sich ihre Brust unter den schnellen Atemzügen hob und senkte.

»Heißt das, Sie brauchen mich sofort?«, fragte sie aufgeregt, obgleich sie diese Antwort bereits erahnte.

Wayne nickte stumm und seine blauen Augen funkelten, als würden sich Sterne darin spiegeln.

»Also morgen schon?«, wollte Joyce überrascht wissen.

Wayne bejahte und schickte seine Blicke suchend über das Gehöft.

»Wie werden Sie in die Stadt kommen?«, fragte er irgendwie besorgt, denn er konnte keinen PKW entdecken.

»Ich nehme den Bus«, antwortete Joyce wie aus der Pistole geschossen, denn diesen Mangel an Komfort, den Mister Stone nicht als diesen suchen sollte, wollte sie sofort ausmerzen.

»Die Haltestelle ist gleich dort hinten, hinter dem Wäldchen. Den kleinen Spaziergang täglich werde ich mir gönnen, bevor ich mich in die Arbeit stürze«, fügte sie wie selbstverständlich hinzu.

»Nun gut«, meinte Mister Stone und hatte Mühe seine Frage, die ihm auf den Lippen brannte, nicht zu stellen. Denn er ahnte, Joyce würde sein Angebot, sie am ersten Tag persönlich in die Firma zu chauffieren, abschlagen. Irgendwie wäre diese Frage auch unpassend, denn welcher Vorgesetzte würde das auch tun?

Dafür war Joyce zu selbstbewusst ... Oder würde sie doch?

Wayne sollte es nicht erfahren, denn er fragte sie nicht. Dann verabschiedete er sich.

Joyce schaute ihm so lange nach, bis der Firmenwagen zwischen den Bäumen verschwunden war. Gleich darauf schlang sie die Arme um ihren Oberkörper, denn mit einem Mal zitterte sie vor Kälte. Oder war es Aufregung?

Wayne Stones Nachricht war eine Herausforderung und der Mann ebenfalls, dachte Joyce.

Am Himmel zogen Wolken auf. Es war, als hatte Wayne Stone die Sonne mitgenommen. Joyce stand minutenlang wie verzaubert, etwas geistesabwesend, auf der Wiese. Noch einmal, aber nur für einen kurzen Moment, blinzelte die Sonne durch die entstandene Wolkendecke, als wollte auch sie sich von Joyce verabschieden. Das beruhigende Rascheln der Blätter durchbrach als einziges Geräusch die Stille.

Angstvoll fragte sie sich noch einmal, ob sie der neuen Aufgabe gewachsen wäre. Sie seufzte und mit einem Mal schweiften ihre Gedanken in die Vergangenheit.

Sie dachte daran zurück, welche Freude ihr damals die Hinterlassenschaft ihrer Tante bescherte. Mit dem überraschenden Testament, das der Anwalt ihr eröffnet hatte, war aber auch ein endgültiger Schlussstrich unter ihre unbeschwerte Jugend gesetzt worden. Freiwillig nahm sie Abschied von der fast sorglosen Zeit in der Stadt. Sie hatte ihre hübsche Wohnung und ihre Arbeit für einen Traum aufgegeben. Der Entschluss, die Erbschaft eines kleinen Häuschens in so idyllischer Umgebung anzunehmen, fiel ihr sehr leicht. Wenn sie Tante Margarete in den Sommerferien besuchte, war sie stets von der herrlichen Umgebung verzaubert gewesen.

Als sie und Lilton in das Häuschen zogen, hatte sie auch eine neue Anstellung in Aussicht und war deshalb guten Mutes. Leider aber erhielt sie letztendlich doch eine Absage und trotz aller Bemühungen fand sie keine Arbeitsstelle. Da sie aber sofort mit der Instandhaltung des Hauses begonnen hatten, das sich sanierungsbedürftiger als erwartet entpuppte, waren hohe Rechnungen zu bezahlen und diese verschlangen fast Joyce` gesamte Ersparnisse. Ein Bankkredit, der abzuzahlen war, sorgte ebenfalls dafür, dass das Leben seitdem nicht einfacher geworden war.

Immer deutlicher war zu merken, dass Lilton mit der Situation völlig überfordert war. Sie konnte ihm das nicht verübeln. Schließlich hatte sie sich auch alles einfacher vorgestellt. Vor allem hatte sie gehofft, dass Lilton nun auch beruflich weiterkam. Solange sie ihn kannte, hatte er seine Tätigkeiten oft gewechselt und konnte nicht viel zur Aufbesserung der Haushaltskasse beitragen. Wenn sie aber nun wieder einen festen

Arbeitsplatz hätte - und darauf konnte sie nun nach Mister Stones Besuch hoffen - könnte sie Lilton wieder helfen, seine Ausbildung zu beenden.

Joyce hatte ihn vor knapp vier Jahren am Ende ihrer Studienzeit kennengelernt. Seit drei Jahren lebten sie zusammen.

Das erste Mal begegnete sie ihm auf einem der langen Flure der Hochschule. Sie schleppte mehrere dicke Bücher, die sie für ihre bald anstehenden Prüfungen brauchte. Als sie eine Tür öffnen wollte, fiel ihr der ganze Bücherstoß mit lautem Gepolter herunter. Da war er plötzlich neben ihr aufgetaucht, hatte ihr die Bände aufheben und tragen helfen. Als Dank lud sie ihn zu einem Kaffee ein, was er gern annahm. Joyce dachte, er wäre ein Kommilitone, der eine andere Fachrichtung als sie studierte, weil er ihr vorher noch nicht aufge-fallen war. Aber er erzählte ihr, dass er zurzeit als Gehilfe des Hausmeisters der Uni arbeitete, weil er aus Geldmangel sein Studium hätte abbrechen müssen. Seine Eltern wären nicht in der Lage, zu dessen Finanzierung beizutragen. Deshalb müsse er versuchen, durch Gelegenheitsjobs Geld für die Weiterführung seiner Studien zu verdienen. Das hatte Joyce imponiert. Für sie war er ein strebsamer, fleißiger und damit liebenswerter Mann.

Bald verbrachten sie einen großen Teil ihrer Freizeit miteinander und Joyce merkte, dass sie sich in ihn verliebt hatte. Nach einem romantischen Abendessen, zu dem er sie ausführte, geschah es dann. Lilton verbrachte die Nacht bei ihr und Joyce war glücklich. Endlich war sie nicht mehr allein.

Lilton nahm schnell ihr Angebot an, bei ihr einzuziehen. Joyce wollte ihm damit helfen, seine Miete zu sparen. Doch Lilton gelang es in der weiteren Zeit sie davon zu überzeugen, dass er vorläufig keinen Studienplatz in seiner gewünschten Fachrichtung erhalten würde.

Im Grunde lebten beide von Joyce` Gehalt, denn sie hatte nach ihrem erfolgreichen Examen sofort eine Anstellung gefunden. Aber seit dem Umzug in das geerbte Haus war eben alles anders geworden ...

Was Joyce bis heute nicht ahnte war, dass Lilton, bevor er sie kennenlernte, vorläufig gar nicht daran dachte, sein Geld für sein Studium zu verwenden. Er wollte das Leben genießen, ohne Pflichten und ohne große Anstrengungen. Alles was Spaß und Erleben verhieß nahm er mit, gab sein ihm zur Verfügung stehendes Geld mit vollen Händen aus und lebte häufig über seine Verhältnisse. Anstatt seine Zeit in den Hörsälen zu verbringen, hielt er sich lieber in diversen Clubs auf, besuchte Nobeldiskotheken oder entsprechende Restaurants. Sein Ziel war es, zu diesen sogenannten `Reichen und Schönen` zu gehören. Es war auch durchaus nicht so, dass seine Eltern ihn nicht unterstützen konnten. Aber als sein Vater bemerkte, dass Lilton mit seinem Studium nicht weiterkam, sogar mehrmals die Fachrichtung wechselte und keine Anstalten machte, etwas zu Ende zu bringen, drehte er ihm den Geldhahn zu.

Lilton brach daraufhin jeden Kontakt zu seinen Eltern ab. Er meinte, dass seine neuen Verbindungen ihm in seinem Leben weiterhelfen würden. Bald bemerkte er aber, dass diese »Freundschaften« wirklich nur auf Geld basierten und als bekannt wurde, dass er nichts mehr hatte, zog man sich von ihm zurück. Notgedrungen musste er sich seinen Lebensunterhalt selbst verdienen. Da lernte er Joyce kennen und verliebte sich sogar in sie, obwohl sie nicht dem Klischee seiner Traumfrau entsprach. Sie war zwar nicht arm und konnte mit dem geerbten Geld von ihrem Vater und ihrem eigenen Gehalt sehr gut leben, aber seine hoch fliegenden Träume, von denen sie nichts ahnte, konnte sie ihm damit nicht erfüllen. Als Joyce die Haupterbin ihrer Tante wurde, vermutete Lilton, dass außer dem Haus auch noch eine Menge Geld hinter der Sache stecken würde. Deshalb ermunterte er sie, das Erbe anzunehmen. Mit diesem Kapital meinte er, seinen Zielen wieder näher zu kommen.

Doch seine Hoffnungen wurden enttäuscht. Joyce` Tante bezog nur eine kleine Rente und hatte nur wenig Geld beiseite legen können, so dass es gerade für die Bestattungskosten reichte. Das Haus war zwar solide gebaut und geräumig, aber seit Jahren waren keine Sanierungs- und Renovierungsarbeiten durchgeführt worden. Diese mussten von Grund auf getätigt werden. Da Lilton sich handwerklich nicht ungeschickt anstellte und bei seiner Arbeit als Hausmeistergehilfe einige Kniffe gelernt hatte, übernahm er einige der Renovierungsarbeiten selbst. Als er aber merkte, dass diese Arbeit immer mehr wurde und das Geld an allen Ecken und Enden zu fehlen begann, tat er alles nur noch mit Widerwillen, war missgelaunt und nörgelte an Joyce herum, der er die Schuld an dem Dilemma gab.

Am liebsten wäre er auf und davon gegangen, aber er wusste im Moment noch nicht wohin.

Joyce konnte sich kaum daran erinnern, wann er sie zuletzt liebevoll in die Arme genommen hatte. Sie spürte, dass er sich ihr gegenüber immer liebloser verhielt.

Er sprach manchmal tagelang nur das Nötigste mit ihr, tat nur noch selten etwas für den Umbau des Hauses und hing mitunter stundenlang vor dem Fernseher herum. Der finanzielle Frust legte sich langsam über die zwei und schien ihre Liebe zueinander zu erdrücken. Doch Joyce schob diese Gedanken, diese Gefühle, weit weg. Sie wagte keine direkte Aussprache zu führen, aber mittlerweile litt sie unerträglich unter Liltons immer stärker werdender Distanzierung. Doch jetzt hatte sie wieder eine Anstellung.

Sie klammerte sich an das Gefühl, dass Lilton sie nun endlich wieder beachten würde, wenn sie ihm die gute Nachricht erzählte. Sie hatte nur noch ihn, doch sie befürchtete schon länger, dass Lilton sie nur wegen ihres beruflichen Erfolges - wegen des Geldes - lieben würde. Sie wollte ihn aber nicht auch noch verlieren, wie die Menschen, die sie am meisten geliebt hatten - ihre Eltern.

Joyce` Mutter litt an der Alzheimer - Krankheit und mittlerweile war dieses Leiden soweit fortgeschritten, dass sie nicht einmal ihre eigene und einzige Tochter erkannte. Im Sanatorium war sie bestens aufgehoben und Joyce hatte sich vorgenommen sie mindestens jedes Vierteljahr zu besuchen.

Joyce war fast fünfzehn als es mit ihrer Mutter immer weiter bergab ging. Ihr Vater schien vor Schmerz fast zu zerbrechen. Er konnte seine Frau nicht so dahin-vegetieren sehen. Oft hatte er Joyce in die Arme genommen und er redete, er flüsterte und sprach in Rätseln zu ihr. Er redete viel, er sprach von einer anderen Welt!

»Eine bessere Welt?«, fragte Joyce sich des Öfteren, jedoch ohne den tiefgreifenden Sinn dieses Satzes verstehen zu wollen. Was er damit wohl meinen könnte? Ihr Vater sprach in Rätseln.

Oft ertappte Joyce ihren Vater, wie er zusammen-gekauert in Mutters Sessel saß und die alten Fotos in sich hineinzusaugen schien. Er war ein angesehener

Angestellter in einer großen Baufirma und sein Gehalt war nicht unbedeutend. Waren es die Kollegen, die ihn marterten? Sie wusste es nicht.

Eines Tages kam ein Brief. Joyce` Vater hatte urplötzlich eine Kreuzfahrt gewonnen. Aus welchem Anlass ihm dieser Gewinn zustand, konnte sie nicht nachvollziehen, nie hatte er sich an solchen Gewinnspielen beteiligt. Joyce freute sich für ihn und gönnte ihm diese Auszeit.

»Fahr´ ruhig Papa!«, forderte sie von ihm, »ich bin kein kleines Kind mehr und komme allein zurecht, falls du deshalb Bedenken hast und nicht fahren willst.«

Der traurige Gesichtsausruck ihres Vaters verriet, dass es ihm wehtat, dass seine Frau, Joyce` Mutter, ihn nicht begleiten konnte. Joyce verstand die Traurigkeit in seinem Gesicht und sie meinte:

»Wenn Mami dich auch nicht begleiten kann, dann fahr´ mit den Gedanken an sie und du wirst sehen, sie wird auch bei dir sein ...«

Joyce bereute ihre gutgemeinte Forderung noch lange. Ihr Vater kam von dieser Kreuzfahrt nicht wieder ...

Auf unerklärliche Weise war er sprichwörtlich wie vom Erdboden verschluckt - man nahm an, er ging über Bord. Und als man seinen Leichnam nicht finden konnte, galt er einfach als verschollen.

Joyce schrie sich die Seele aus dem Leib, als sie davon erfuhr. Doch nur die Wände der einsamen Wohnung hörten ihren Schmerz.

»Wo bist du Papa? Weshalb nur ...? Ich habe gesagt ich komme zurecht ... aber ich brauch´ dich doch!«

In einer Schublade in Vaters Schreibtisch fand sie einen mysteriösen Brief. Nur zögernd hatte Joyce den Briefumschlag an sich genommen, obgleich ihr Name darauf stand und er somit eindeutig für sie bestimmt war.

Langsam las sie die liebevollen Worte, die ihr Vater nur für sie niedergeschrieben hatte ...

»Meine liebe Joyce, ich weiß, dass das Leben auch für dich sehr schwer geworden ist, seitdem Mama von dieser schrecklichen Krankheit heimgesucht wurde. Für mich ist es kaum noch erträglich, Mama gegenüberzutreten. Ich weiß nicht, wie es weitergehen soll. Ich ertrage es einfach nicht mehr!«

Joyce hielt für einen kurzen Moment den Atem an und sie erkannte genau, dass ihr Vater an dieser Stelle des Briefes eine herabrollende Träne nicht mehr aufhalten konnte, denn das Papier war zwar wieder getrocknet, jedoch hatte es ein solch unverkennbares Merkmal erhalten. Dann las sie weiter.

»Für den Fall der Fälle habe ich vorgesorgt. Tante Margarete wird meine Habe, also das, was dann letztendlich Dein sein wird, für dich verwalten. Bitte verzweifle nicht, du bist jung und dein Leben ist noch so lang und voller Hoffnung ... meins dagegen ist mir wahrlich über, es gibt ja keine Hoffnung mehr! Ich liebe dich, das musst du mir glauben. Aber ich kann nicht mehr! Bitte, liebe Joyce, wenn du diese Zeilen gelesen hast, vernichte sie! Bitte tu es, es ist von großer Bedeutung, glaub` mir das bitte! Sehr viel hängt davon ab, mein Schatz. Verzeih´ mir!«

Dein dich liebender Vater

Diese Worte erweckten in Joyce einen seltsamen Verdacht. Die Zeilen waren wie eine Abschicdsrede, sie klangen nicht, als seien sie für den besagten Fall der Fälle geschrieben worden. Man konnte erkennen, dass Joyce sie, genau jetzt zu diesem Zeitpunkt, lesen sollte. Und das war einen Monat später, nachdem ihr Vater von der Schiffsreise nicht zurückkam.

Joyce war sich ihrer Vermutung nicht sicher gewesen und doch hatte sie sich die Worte des Vaters eingeprägt. Eins konnte sie aber nicht, sie konnte den Brief des Vaters nicht vernichten. Sie verwahrte dieses Schrift-stück an einem äußerst sicheren Ort auf und nieman-dem, ob Lilton oder Tante Margarete, keiner Menschen-seele erzählte sie davon.

Wie ihr Vater es geschrieben hatte, verwaltete Tante Margarete Joyce` Erbe und mit dem Geld des Vaters kam sie auch ein paar Jahre über die Runden. Sie konnte unbesorgt in die Zukunft sehen, denn der Vater hatte ein kleines Vermögen gespart. Damit hatte sie sich ihr Studium finanziert und es hatte so lange gereicht, bis sie auf eigenen Füßen stehen konnte. Joyce fehlte es an nichts, nur vermisste sie stets die fürsorgliche Hand und die beruhigenden Worte ihres Vaters.

Ihre Mutter nahm an ihrem Leben keinen Anteil mehr, denn sie lebte in ihrer eigenen Welt. Seit sehr vielen Jahren war sie nicht mehr sie selbst. Nicht einmal den für verschollen erklärten Ehemann konnte sie vermissen. Sie lebte von einer Sekunde zur anderen. Wenn man das ein Leben nennen kann ...

Doch wie das Leben spielt, nicht Joyce` Mutter, sondern Tante Margarete folgte Joyce` Vater. Sie starb, nachdem sie einen Oberschenkelhalsbruch erlitten hatte, und danach nicht wieder auf die Beine kam. Sie wohnte allein in dem Holzhaus und wollte Holz zum Feuer machen holen, da passierte das Unglück ...

Sie war die um einige Jahre, ältere Schwester von Joyce` Vater und sie lebte schon lange allein. Ihr Mann war aus dem Krieg nicht zurückgekehrt und sie hatte sich nie nach einem neuen Partner umgesehen, besser gesagt, es lief ihr hier niemand Geeignetes über den Weg. Vielleicht war ihr Mann auch ihre einzige wahre Liebe gewesen und sie wollte nie jemand Anderen an ihrer Seite haben? Niemand konnte und wollte es wissen. Joyce stand vor einer großen Herausforderung - Tante Margarete vermachte ihr das Haus.

Lilton kam durch den Garten auf Joyce zu. Sie sah ihm entgegen und fühlte sich trotz der traurigen Erinnerungen und Grübeleien, die sie gerade durchströmt hatten, plötzlich heiter und zuversichtlich. Endlich sah sie einen Weg, der sie und Lilton aus der prekären Situation befreien würde. Sicherlich würden sich auch die Gefühle zwischen Lilton und ihr ins Positive verändern, wenn sie nicht jeden Cent zweimal umdrehen müssten.

Den Gedanken daran, dass Lilton nur wegen der Anstellung und der damit verbundenen finanziellen Verbesserung wieder liebevoller wäre, verdrängte sie schnell, und sie rief Lilton euphorisch klingend zu:

»Schatz, stell dir vor!«, sie hielt inne und erwartete ihn gespannt. Augenblicklich stand Lilton nun vor ihr und blickte in ihr strahlendes Gesicht.

Seine Augen waren nur zwei schmale Schlitze und suchten nach dem Fremden.

Und als er ihn nicht mehr entdecken konnte, fragte er abfällig:

»Ist der gelackte Affe endlich verschwunden?«

Joyce bemerkte den bösen Unterton in Liltons Worte.

»Ja, er ist weg, aber weißt du ...?«, hob sie ihre Stimme.

»Na, hat dir dieser Knilch auch eine unsinnige Versicherung andrehen wollen?«, unterbrach er Joyce` Versuch sich weiter zu äußern, und er dachte gar nicht daran sie aussprechen zu lassen. Joyce senkte den Blick und für einige Sekunden blieb ihr Blick am Boden.

»Nein, er wollte mir keine Versicherung verkaufen. Er ...«

»Hast du ihm gesagt, dass wir für so etwas kein Geld haben?!«, fiel Lilton ihr wieder ins Wort.

»Lilton!«, hauchte sie, »würdest du mir bitte zuhören!«

Ohne ein weiteres Wort zu verlieren starrte er erwartungsvoll in Joyce` Augen und seine fragten: Was ist denn?

Vorsichtig öffnete Joyce den Mund und als sie bemerkte, dass Lilton stumm blieb, meinte sie liebevoll:

»Schatz, ich habe von diesem Knilch einen Job angeboten bekommen.«

Sie blickte ihn an und wartete darauf, dass er sie nach ihrer zukünftigen Tätigkeit befragen würde. Doch wider Erwarten interessierte Lilton nur eins. Er wollte nicht wissen, was sie tun müsse, er wollte nicht wissen wo diese Arbeit war. Nein, er hatte nur eine Frage:

»Hast du klipp und klar gesagt, was dabei herausspringen muss?«, und er griff sogleich nach Joyce` Händen.

Mit diesen Worten und dieser Geste erhielt Joyce` Verdacht wieder Nahrung, dass Lilton ihr Geld mehr liebte als sie.

Als durch die Instandsetzung des Häuschens das meiste ihres Vermögens draufging und nichts dazukam, weil

sie ja keine Anstellung hatte, wurde er immer mür-
rischer und liebloser ihr gegenüber. Selbst hatte er sich
nicht um Arbeit gekümmert. Jetzt aber, als er begriff,
dass Joyce bald wieder Geld zur Verfügung haben
würde, änderte er sein Verhalten ihr gegenüber sofort.
Nun konnte sie ihm ja wieder einige seiner Wünsche
erfüllen.

Joyce` Herz krampfte sich zusammen, es schmerzte
mörderisch in ihrer Brust, doch sie hatte nur ihn und sie
liebte ihn. Er war ihr erster und einziger Mann gewesen,
denn sie war nicht wie viele andere Mädchen, die ihre
Beziehungen öfter wechselten, um den `richtigen`
Partner für´s Leben finden zu können.

Jeder Mensch hat seine Fehler - das hatte Joyce` Vater
ihr in mehreren vertraulichen Gesprächen beigebracht.
Und er hatte gemeint, dass man die Menschen formen
könnte, so dass er oder sie, wie ein fehlendes Teil eines
Puzzles, nach und nach in das eigene passen würden.
War Lilton Joyce` passende Teil?

Mit ihrer Mutter konnte sie darüber nicht mehr reden.
Auch die Mädchen aus ihrer Studienzeit gaben ihr keine
brauchbaren Ratschläge, wenn sie zu ihr meinten:

»Wenn du nur einen einzigen Mann hast, wirst du die
Unterschiede nicht kennenlernen. Das musst du allein
herausfinden!«

So waren deren Worte und im Geheimen belächelten sie
Joyce, wegen ihrer monogamen Einstellung, dass ein
Partner reichen würde und in Joyce` Augen nun auch
gleich der richtige für`s Leben sein sollte.

Joyce schloss die Augen und gab Liltons Händedruck
zurück. Resignierend antwortete sie:

»Glaub´ mir Lilton, ich werde schon genug verdienen,
damit es reicht.«

Im Stillen dachte sie weiter: ... damit es für uns beide

reichen wird und du wieder lieb zu mir bist. Sie hob die Lider, aber sie blickte durch Lilton hindurch und kämpfte gegen ihre aufgewühlten Gefühle an.

Lilton sog ihr Gesicht in sich hinein. »Ist das schön!?«, jubilierte er wie gerade erst erwacht und schien völlig begeistert zu sein.

Vorsichtig griff er Joyce ins Haar, löste den Knoten und mit seinen gespreizten Fingern kämmte er ihre wundervollen blonden Locken. Wortlos zog er Joyce an sich und strich ihr weiter über das Haar, das ihr in weichen Wellen auf die Schulter fiel. Joyce hob den Kopf und sie sahen sich an.

»Freust du dich genauso wie ich mich, Lilton?«, hauchte Joyce, aber ihren Worten fehlte die Begeisterung. Jetzt ging es ihr nicht mehr darum, mit Lilton über irgendeinen Job zu diskutieren, sie wollte nur endlich wieder einmal innig umarmt und geliebt werden. Und Lilton war nun bereit dazu, dass hatte sie gespürt.

Behutsam tastete er mit den Fingern über ihre Schläfe zu den Wangen, dann über das Kinn zum Hals. Joyce genoss seine Berührungen und umfasste Lilton zärtlich, drückte ihren Körper an seinen und wisperte leise:

»Liebst du mich, Lilton?«

Wortlos berührte sein Mund sanft ihre Lippen, dann bedeckte er ihr Gesicht mit warmen Küssen und zog sie noch fester an sich. Ihre Herzen schienen im selben Rhythmus zu schlagen, als sie engumschlungen, mitten auf der Wiese standen, und nur der Himmel sah ihnen zu. Joyce erwartete noch immer Liltons Antwort. Doch die kleine Windböe, die sich vom Tal herkommend nun um die eng beieinanderstehenden Körper kräuselte, unterbrach plötzlich die übergreifende Wärme, die zwischen beiden entstanden war. Der Wind zwirbelte in

Joyce` Haar und sie verspürte die eben noch als prickelnd schön empfundene Gänsehaut wie einen eisigen Schauer, der ihren Rücken hinabbrann. Joyce` leichtes Schütteln ließ Lilton erwachen und er löste sich von ihr. Mit der einen Hand strich er ihr die blonde Haarsträhne aus dem Gesicht und die andere legte er um ihre schmale Taille.

»Komm`, Joyce«, flüsterte er, »da scheint sich etwas zusammenzubrauen. Gehen wir lieber rein!«
Und obgleich Joyce im Wechselbad ihrer Gefühle stand, hin- und hergerissen von ihren Empfindungen, die Lilton betrafen, folgte sie ihm ins Haus ...

Noch lange lag Joyce, mit geöffneten Augen, die an die dunkle Decke starrten, wach und obgleich sie sich wundervoll fühlen müsste, da Lilton ihren Körper liebevoll berührt hatte, war ihr, als ob ihr trotzdem etwas fehlte. Es war schon immer so gewesen. Ihre intime Zweisamkeit dauerte nur einige Augenblicke und schnell, viel zu schnell, war Lilton auch heute neben ihr in den Schlaf gesunken. Joyce wollte sich glücklich fühlen, doch es gelang ihr nicht so recht. Ihr ging noch einmal dieser aufregende Tag durch den Kopf und irgendwann schlief sie fest ein. Der neue Tag würde für sie eine Veränderung in ihrem jetzigen Leben bringen! Sie war sehr gespannt darauf.

Seit Monaten war Joyce nicht so gutgelaunt und tatendurstig erwacht wie an diesem Morgen. Durch die maroden Fensterläden drangen einzelne Sonnenstrahlen, als Joyce` Wecker schrillte. Schnell drückte sie auf den Abstellknopf, sie wollte Lilton nicht stören. Joyce erhob sich, setzte sich auf den Rand des großen Doppelbettes und verhüllte ihren nackten Körper mit dem hellblauen Betttuch, welches sich keineswegs mehr an seinem vorgesehenen Platz befand. Lilton lag, alle viere von sich gestreckt, auf dem Bauch und sein leises Atmen verbot Joyce ihn zu berühren.

Eigentlich war Lilton der Frühaufsteher. Während Joyce es sich lieber immer noch eine Weile gemütlich gemacht hatte, war Lilton stets schon aus den Federn gekrochen. Weshalb er sich das antat, verstand Joyce zwar nicht, aber Lilton liebte anscheinend seinen morgendlichen Waldlauf - und der dauerte des Öfteren weit über eine Stunde. Lilton hatte die frische Waldluft in seine Lungen gesogen und kam dann ausgepowert und völlig verschwitzt zurück. Doch heute war alles anders. Zum ersten Mal seit langem.

Der Morgen war noch taufrisch. Die Sonne küsste den Horizont und Lilton verschlief seinen Frühsport einfach. Noch mit dem Laken um ihren Körper gewickelt huschte Joyce federleicht die Treppe bis nach unten. Sie brühte sich einen Kaffee und noch immer nicht frisch gemacht und angekleidet, saß sie mit angezogenen Beinen auf der Sitzecke in der Diele.

Verträumt sah sie zum Fenster hinaus und genoss das langsame Erwachen des neuen Tages. Der Himmel färbte sich geheimnisvoll von einem Dunkelrot bis in ein Orangegelb. Und mit den Lippen an ihrer Kaffee-tasse holte Joyce der vergangene Abend wieder ein. Ihr war, als spürte sie noch Liltons zärtliche Berührungen und sie wollte diesen Gedanken solange wie möglich in sich sperren, als sie ein Geräusch aus ihren Emotionen riss.

Was war das?, fragte sie sich und stellte die Tasse auf den Tisch, bevor sie sich zum Fenster begab und suchend hinausblickte.

War es ein Zweig gewesen, der durch den Wind an der

Fensterscheibe rieb? Doch es schien eher ein leises Klopfen gewesen zu sein.

Das Klicken der Uhr in der Diele, zwang sie einen Blick auf diese zu werfen. Beruhigt stellte sie fest, dass es erst fünf war und sie noch genügend Zeit hatte, um sich auf diesen neuen Tag vorzubereiten. Sie hatte wieder einen neuen Job und der Gedanke daran ließ sie das mysteriöse Geräusch von eben schnell vergessen ...

Joyce stand vor einer weiten Rasenfläche mit gewaltigen Bäumen. Zu ihrer Linken trennte eine Hecke den Parkplatz von der grünen Fläche. Im Zentrum des riesigen Grundstückes befand sich ein Gebäude, das inmitten der grünen Natur wie ein Fremdkörper wirkte. Es war ein regelrechtes Kunstwerk der modernen Architektur, denn es bestand fast nur aus Glas und zählte über zehn Stockwerke. In dem bläulich getönten Fensterglas mischte sich das Grün der Umgebung und etwas höher spiegelte sich der klare Himmel darin. Joyce blickte nach oben und sie gab sich Mühe ihren Mund verschlossen zu halten. Der Gehweg führte zum Haupteingang: dieser wurde von zwei gläsernen Säulen flankiert und das Vordach, welches sie trugen war ebenfalls durchsichtig. Über diesem Gebilde befand sich der Name - COOPER INSURANCE COMPANY - in Buchstaben von knapp zwei Metern Höhe, aber diese waren tiefblau.

Trotz der noch frühen Stunde, es war kurz vor sieben, waren bereits einige Leute eingetroffen, die, in feine Anzüge gekleidet, unweigerlich die Angestellten des Unternehmens sein mussten. Keine schlanken Beine betraten die große Treppe aus Marmor; keine Person mit Blazer und Rock bekleidet begab sich ins Gebäude.

Joyce stand an der hochgewachsenen Hecke und beobachtete so unbemerkt den immer reger werdenden
Zulauf von Menschen, die in das Gebäude gingen.

Joyce warf einen prüfenden Blick auf ihre Armbanduhr.
War sie etwa schon zu spät gekommen? Nein, es war
erst sieben Uhr. Weshalb herrschte hier schon so früh
ein reges Treiben?

Bekanntlich öffnen solche Unternehmen erst ab neun
Uhr ihre Pforten für die Kunden. Mister Stone hatte ihr
keine genaue Uhrzeit mitgeteilt, zu der sie hier erscheinen sollte.

Joyce` Absätze klapperten, als sie auf das Gebäude
zusteuerte.

Sie gab dem Himmel einen letzten Blick, bevor sie die
große gläserne Tür nach innen drückte, und ihr Herz
pochte dabei bis hoch in den Hals.

Wayne musste schon ungeduldig auf sie gewartet
haben, denn er öffnete ihr die Tür, kaum das Joyce ihn
erkennen konnte.

»Miss Angel! Guten Morgen!«

Ein beklommenes: »`n Morgen« war alles, was sie her-
vorbrachte.

Sekundenlang standen sie sich schweigend gegenüber,
bis Wayne die Hand ausstreckte und Joyce ins Haus
führte. Ihr stockte der Atem, als sie sich in der großen
Halle umsah. Ringsum erblickte sie marmorierte
Wände, harmonisch abgestimmt auf die sich spiegeln-
den Glasvitrinen, die zwischen den modernen Stühlen
aufgestellt waren. Joyce war sprachlos vor Staunen.

»Das ist ... das ist ja ein Palast!«, flüsterte sie in den
Raum.

Wayne beobachtete Joyce fasziniert. Ihre Augen strahlten und ihre Wangen waren leicht gerötet, als sie nun zu
ihm aufsah.

»Kommen Sie!«, sagte Mister Stone. »Sie haben noch lange nicht alles gesehen. Ich werde Ihnen ihr Büro zeigen. Einige Kollegen warten schon.«

Joyce sah ihn verdutzt an.

»Was, wer wartet schon ... auf mich?«, fragte sie mit leicht bebender Stimme.

»Nur ein paar Kollegen aus der Abteilung des Abrechnungswesens ... dort werden Sie arbeiten«, beruhigte er Joyce.

Joyce schluckte laut.

»Ja, verstehe ... und ich werde die einzige Frau sein, nicht?«, hauchte sie fragend und blickte verschämt zu Boden.

»Aber nur in dieser Abteilung sind Sie die einzige Frau, Miss Angel. Das Gebäude hat zehn Stockwerke und es gibt noch mehr Frauen hier«, erklärte er.

Joyce fiel es wie schwerer Ballast von der Brust, doch sie war sichtlich überrascht, dass Mister Stone ihr nicht die Wahrheit gesagt hatte. Sie sah ihn skeptisch an und meinte:

»Nicht das ich darüber unglücklich wäre, im Gegenteil ... aber Sie hatten doch ...«

»Ja, Miss Angel, das hatte ich so gesagt«, sprach er Joyce` Satz zu Ende.

»Entschuldigen Sie bitte, aber sicherlich werden sie irgendwann selbst verstehen, dass ich es verschwiegen habe ...«

Joyce grübelte über seine Worte und sie konnte sich keinen Reim darauf machen, wie er es gemeint haben könnte.

Der Fahrstuhl schloss sich und während Wayne Stone und Joyce nach oben fuhren, herrschte eine erdrückende Stille. Erst das Klingelzeichen weckte ihre Gedanken und beide betraten einen unendlich langen

Flur. Alles war hell und unglaublich sauber.

»So«, meinte Mister Stone und rieb sich nachdenklich die Hände, »das ist das oberste und meiner Meinung nach, das schönste Stockwerk von allen.«
Er sah zur Decke und Joyce folgte seinem Blick. Beide sahen die Farbe des Himmels, denn auch das Dach des Gebäudes war völlig aus Glas. Joyce war überwältigt und schloss für einen Moment die Augen.
Mister Stone betrachtete Joyce und ihn überkam eine kribbelnde Gänsehaut. Denn als ein Sonnenstrahl auf ihr blondes hochgestecktes Haar fiel, wünschte er sich, es würde in langen honigfarbenen Locken auf ihrer Schulter hüpfen.
Er holte tief Luft und räusperte sich leise.

»Oh! Ich ... wir ... «, stammelte Joyce und sah ihn entschuldigend an.

»Verzeihen Sie mir, aber ... aber so etwas habe ich noch nie gesehen«, stotterte sie und verlegend zog sie ihren seidenen Hosenanzug zurecht.

»Wollen wir!«, fragte Mister Stone und lächelte ruhig. Er fand es äußerst passend, dass Joyce in dieser Aufmachung hier erschienen war. Es zeigte ihm eindeutig, dass sie sich seine Worte eingeprägt hatte und ihren Kleidungsstil den Bedürfnissen der Firma angepasst hatte.
Joyce` Brust hob und senkte sich.

»Ja ... ähm, ich bin bereit«, stotterte sie nervös und gab ihm einen treuen Blick.

»Entschuldigen Sie bitte, meine Herren. Miss Angel ist sehr fasziniert von diesem Gebäude und sie musste diese Eindrücke erst auf sich wirken lassen«, sprach Mister Stone ein wenig entschuldigend in den Raum, nachdem er die Tür am Ende des langen Flures geöffnet hatte.

Joyce` Knie zitterten leicht, als sie das Zimmer betrat.

»Guten Morgen«, zwängte sich aus ihrer Kehle. Sie sah vier Männer in feine Anzüge gekleidet hinter einem großen Schreibtisch stehen. Deren zuvor ernste Gesichter verwandelten sich urplötzlich in freudige erstaunte.

»Darf ich Ihnen Miss Angel vorstellen«, erhob Mister Stone das Wort und drückte Joyce einen Strauß Blumen in die Hand.

»Wir freuen uns, Sie bei uns begrüßen zu dürfen, Miss Angel und hoffen, dass Sie sich wohlfühlen werden!«
Seiner Geste folgten alle anderen und sie stellten sich mit ihrem Namen vor. Joyce wunderte sich über die förmliche Anrede, die Mister Stone gebraucht hatte, um seine Kollegen zu begrüßen. Herrschte hier, in diesem Unternehmen, solch eine Ordnung und Genauigkeit, dass selbst die Kollegen untereinander sich nicht duzten?
Nachdem das Begrüßungsritual vollzogen war und die Kollegen das Büro verlassen hatten, setzte sich Joyce in ihren Schreibtischstuhl und ließ das große, ihr neues, Büro auf sich wirken. Nur Wayne Stone war noch hiergeblieben und er schien den Anblick der neuen Buchhalterin zu genießen. Stumm lächelte er in sich hinein und fixierte Joyce. Er nahm an ihrer Freude, die sich in ihren Augen widerspiegelte, teil.

»So!«, sprach Joyce und schlug die Hände zusammen. »Wo soll ich jetzt anfangen?«
Im nächsten Moment trafen sich ihre Blicke und Mister Stone zwang sich schnell, ein ernstes Gesicht zu machen. Aber Joyce entging nicht, dass er sie sekundenlang, wieder mit den gleichen leuchtenden Augen wie gestern, begutachtet hatte. In ihr Gesicht stieg Farbe. Tief in ihr wehrte sich alles, doch im

Geheimen gestand sie sich ein, dass dieser Mann irgendetwas Anziehendes hatte. Sie konnte nicht leugnen, dass ihr selbst in der gestrigen Nacht, als Lilton sie nach so langer Zeit wieder umarmt hatte, Wayne Stones Bild für einen kurzen Moment erschienen war. Dieser Mister Stone war so geheimnisvoll. Warum war sie nur so fasziniert von ihm? Suchte sie unbewusst genau nach diesem Typ Mann; erfolgreich und attraktiv dazu? Nein! So war sie nicht und so wollte sie auch nicht sein. Und war es denn nicht auch so; gerade weil sie nicht so dachte, hatte Wayne Stone sie hierhergeführt, um diese Stelle zu übernehmen? Oder hatte das alles noch ganz andere Hintergründe?

Diese Fragen schossen ihr durch den Kopf bis Mister Stone endlich freundlich forderte:

»Miss Angel, schalten Sie bitte den Computer an!«

Dann begab er sich hinter den Schreibtisch, zog dabei einen Stuhl hinter sich her und ließ sich neben Joyce nieder.

»So«, meinte er, »jetzt führe ich Sie durch das Programm und dann können Sie mit ihrer Arbeit beginnen.«

Joyce hatte keine Ahnung, dass diese Aufgabe üblicherweise ein anderer Angestellter übernahm, denn wie sollte sie auch wissen, dass ihre Einweisung nicht Wayne Stones Angelegenheit war?

Eine Dreiviertelstunde verging und die herbe, doch sehr angenehme Duftnote seines Rasierwassers, lenkten Joyce ab.

Joyce` Konzentration auf die vielen Zahlen, die auf dem Bildschirm hin und her zu tänzeln schienen, sank nach und nach immer mehr. Sie konnte keinen klaren Gedanken mehr fassen. Joyce hielt Mister Stones sie verwirrende Anwesenheit nicht länger aus. Die widerstreitendsten Gefühle tobten in ihr. Sie hatte das Verlangen, dichter an ihn heranzurücken, und gleichzeitig den Wunsch, einen möglichst großen Abstand zwischen sich und ihm zu schaffen.

Langsam erhob sie sich und ging zum Fenster. Nachdenklich zupfte sie ein Nelkenblatt aus einem der Blumensträuße, die auf der Fensterbank standen. Welch ein zweifelhaftes Gefühl durchströmte ihren Körper?

Es war lange her, dass sie solche Emotionen für einen Mann empfunden hatte. Eigentlich hatte sie das gleiche bisher nur bei einem Mann erlebt und das war vor vielen Jahren, als sie Lilton kennengelernt hatte. Dann öffnete Joyce das Fenster und sog die frische Luft tief in ihre Lungen. Sie wusste, sie musste ihre Gefühle, die sie zermarterten für sich behalten.

Joyce` Schweigen beunruhigte Wayne. Verstohlen blickte er sie an. Hatte er etwas falsch gemacht? Warum war plötzlich der heitere interessierte Ausdruck aus Joyce` Gesicht gewichen?

Warum war sie plötzlich aufgestanden und hatte das Fenster geöffnet?

»Miss Angel!«, sprach Wayne sie an.

»Wollen wir eine Pause machen? Verzeihen Sie, ging es Ihnen vielleicht zu schnell?«

Joyce blickte ihn an und ein zartes Rosa überzog ihre Wangen.

»Ich glaube, ich kann allein weitermachen, Mister Stone«, sagte sie und versuchte einen Eindruck zu vermitteln, der Wayne verständlich machen sollte, sie hätte alles verstanden. Tief in ihrem Inneren wuchs das Verlangen, sich ohne Wayne durch das Programm zu studieren. Seine Anwesenheit war beklemmend, sie wünschte sich, er würde den Raum verlassen. Sie rang sich ein Lächeln ab, als sie sich ihm zuwandte.

»Wenn Sie meinen, Miss Angel. Ja, Sie haben ja Recht!«, bestätigte Wayne ihre Feststellung. Freundlich nickte Joyce ihm zu und bemerkte wie sich ihre innerliche Anspannung langsam löste. Wayne erhob sich von seinem Stuhl und berührte Joyce sanft an der Schulter. »Der erste Tag ist immer der schlimmste. Ich wollte Sie nicht gleich überfordern«, entschuldigte er sich. Joyce lächelte freundlich.

»Kein Grund zur Beunruhigung, Mister Stone. Es ist nur ..., nun ja, ich bin anscheinend ein wenig aus der Übung ...«, meinte sie erklären wollend. »Ich würde mich gern alleine durch die Dateien und Akten forsten«, gab sie endlich zu.

Wayne bedauerte zwar, dass sie diesen Wunsch äußerte, denn er genoss Joyce` Nähe; aber er war doch nur ihr Kollege(!)

Er hatte den Eindruck, dass Joyce sich ganz ihrer Arbeit widmen würde. Mit Sicherheit - so dachte er - würde sie sich nicht von einem ihrer männlichen Kollegen ablenken lassen und auf der Suche nach einem Flirt die wichtigen Abrechnungen beiseite schieben. Dafür war sie nicht der Typ. Entgegen den direkten Absichten ihrer Vorgängerinnen würde sie sich von den Männern fernhalten wollen. Doch bevor er das Büro verlassen wollte sprach er:

»Dann will ich Sie mal arbeiten lassen.« Er zog die Tür ran und öffnete sie sofort wieder. »Und noch eins, Miss Angel. Lassen Sie sich von Mister Miller nicht so sehr ärgern!«

Ohne eine Reaktion abzuwarten fügte er hinzu: »Wenn Sie Fragen haben, ich bin in meinem Büro.«

»Miller?«, wiederholte Joyce erstaunt und erinnerte sich, den Namen schon gehört zu haben. Ja, einer der

Kollegen, die sie begrüßt hatten, stellte sich ihr so vor. Gebannt starrte sie noch eine Weile zur Tür, durch die Mister Stone verschwunden war und fragte sich: Ich soll mich nicht ärgern lassen!? Was soll das genau bedeuten? Dann versuchte sie sich abzulenken und gab nichts auf diese Äußerung. Sie hatte keine Zeit, sich darüber den Kopf zu zerbrechen.

In den nächsten Stunden konzentrierte sich Joyce auf ihre Arbeit und wider Erwarten schaffte sie mehr, als sie sich vorgestellt hatte. Die ersten Abrechnungen hatte sie fertig und heftete die ausgedruckten Seiten in einen neu angelegten Ordner. Am Ende des Monats wollte Sie alles noch einmal von Mister Stone durchsehen lassen, um dann beruhigt die Auszahlungen anzuweisen.

Joyce warf einen kurzen Blick auf ihre Uhr. Es war kurz vor vier. Zeit zum Aufhören, dachte sie, lehnte sich zurück in ihren Stuhl und einen Moment versank sie in ihre Erinnerungen, die den letzten Abend betrafen, den mit Lilton. Liltons zärtliche Küsse ... sie glaubte sie immer noch spüren zu können. Rasend schnell überzog ein leichtes Kribbeln ihre Haut, als sie daran dachte, wie gut doch eine Wiederholung ihr täte, gleich heute Abend.

Mit geschlossenen Augen genoss sie ihre Gedanken und projizierte Liltons Gesicht vor ihrem geistigen Auge. Aber als sie ihre Lider einen winzigen Spalt öffnete, veränderten sich Liltons Gesichtskonturen und sie sah Wayne Stone! Was hatte er in ihren Fantasien zu suchen? Schnell riss sie die Augen auf und wurde puterrot. Sie schämte sich ihrer Gedanken. Beklommen blickte sich Joyce um. Niemand war zu entdecken. Sie war allein im Büro. Doch plötzlich ließ ein Geräusch sie zusammenfahren. Jemand klopfte an die Bürotür und drückte sofort die Klinke hinunter.

»Herein!«, rief Joyce und rieb sich die Augen, um schnell wieder bei Sinnen zu sein.

Ein lächelndes Gesicht lugte hinein in den Raum, und Joyce erkannte darin pure Fröhlichkeit.

Beim Eintreten der Person, der dieses Gesicht gehörte, schoss ihr sofort der Name Miller durch`s Gehirn. Weshalb wusste sie nicht, denn wie sollte sie ...? Doch ihre Intuition erwies sich als richtig.

»Hallo«, so näherte sich ein dunkelhäutiger, wahrscheinlich von der Sonne verwöhnter, junger Mann ihrem Schreibtisch und bestätigte ihre Vermutung.

»Ich bin Jack«, hauchte er ihr entgegen.

»Jack Miller, wir haben uns heute Morgen kennengelernt.«

Joyce blickte ihn erwartungsvoll an.

»Ja, ich erinnere mich, Mister Miller«, gab sie zurück.

»Und ... ?«, sie brach ihre Frage ab, denn das Funkeln in seinen Augen verriet eindeutig, was der Grund für sein Erscheinen hier sein musste. Mit einem Mal ahnte Joyce, weshalb Mister Stone sie vor Miller gewarnt hatte.

Joyce gab sich gelassen, warf ihren Kopf leicht nach hinten, um ihre Verspannung im Nacken zu lösen und ohne ihre wahren Gedanken zu zeigen, fragte sie ruhig:

»Was kann ich für Sie tun, Mister Miller?«

Sie bemühte sich nun seinen eindringlichen Blicken standzuhalten.

»Warum denn nur so förmlich?«, äußerte Miller leicht empört.

»Wir sind doch jetzt Kollegen.« Und ohne nochmals Luft zu holen, fragte er Joyce:

»Begleitest du mich zum Abendessen, Süße?«

Sein Blick blieb dabei wie gebannt in Joyce` Augen.

Joyce fühlte sich überfahren. Seine Anrede war frech,

widerwärtig, er kannte Joyce doch gar nicht. Woher nahm dieser Mensch die Dreistigkeit, sie so plump vertraulich anzusprechen? Der, so dachte Joyce, ist wohl hinter jedem Rockzipfel her. Was glaubt er, wen er vor sich hat!?

Joyce fixierte seine Gesichtszüge genau, doch es wurde Zeit; er erwartete eine Antwort von ihr.

»Erstens ...«, begann sie leise und stellte den Zeigefinger auf, »... bin ich nicht ihre Süße, denn wir haben nicht schon im Sandkasten gespielt. Zweitens wurden wir nur einander vorgestellt und haben uns nicht kennengelernt und drittens will ich Sie zum Abendessen nicht begleiten, nicht heute und nicht sonst wann.« Joyce` Hand schlug auf den Schreibtisch und sogleich richtete sie sich auf. Auf ihrer Stirn bildeten sich einige Unmutsfältchen, bevor sie sich dann von Miller abwandte und ohne ihn zu beachten zum Büroschrank ging. Sie spürte seine Blicke im Rücken, doch sie tat als ob sie nur ihre Arbeit erledigen wollte - unberührt von seiner Anwesenheit.

»Aber dem kann doch schnell abgeholfen werden«, antwortete Miller hochmütig und hoffte wohl auf Joyce` Umstimmung.

»Sag´ ja und du wirst mich schon kennenlernen!«

In Joyce brodelte die Wut. War das nun seine Anmachtaktik und gehörte dieses Bohren dazu? Oder war er zu sehr von sich eingenommen, um zu erkennen, dass sie sein machomäßiges Auftreten verabscheute? Er arbeitete für dieses erfolgreiche Unternehmen, dumm dürfte er da nicht sein. Hatte er beim Anblick eines weiblichen Geschöpfes den Verstand ausgeschaltet?

Joyce zog einen Aktenordner aus dem Regal, das sich neben dem Schrank befand und beim Umdrehen sagte sie sehr bestimmt:

»Nein, ich möchte Sie nicht kennenlernen. Das, was ich bereits von Ihnen weiß, reicht mir völlig.«

Miller stand nun genau vor ihr und sie konnte seinen Atem spüren.

»Aber ich möchte doch eines von Ihnen«, sprach sie weiter.

»Wenn Sie nichts Dienstliches mit mir zu besprechen haben ... will ich, dass sie mein Büro verlassen!«

»Na, Schätzchen, dann eben heute nicht, aber wie wär`s mit morgen Mittag?«

Lauernd sah Jack Miller sie an.

»Geben Sie sich keine Mühe, Herr Kollege«, fauchte ihn Joyce nun böse an.

(Was bildet der Kerl sich eigentlich ein?)

Jack Millers Grinsen erstarrte zu einer schiefen Fratze. Seine Augen verengten sich zu schmalen Schlitzen. Was fiel dieser Neuen ein? Er war so eine Abweisung nicht gewöhnt. Frauen, die er erobern wollte, hatte er bisher immer bekommen. Er wusste, dass sein Aussehen - groß und sportlich, breite Schultern, leicht gewellte schwarze Haare - viele Frauen ansprach. Daher hatte er auch Erfolg bei den weiblichen Kundinnen. Seine Kollegen mochten ihn weniger, weil er ein erfolgreicher Konkurrent war, aber auch weil er oft recht arrogant und hochmütig war. Doch davon wusste Joyce nichts. Sie brauchte keinen Tipp oder gezielte Warnungen; sie hatte ihn vor sich und es reichte ihr völlig, was sie sah.

Miller beschloss, sich für heute geschlagen zu geben. Vielleicht hatte diese kleine »Katzbürste« - wie er sie jetzt für sich betitelte - an ihrem ersten Arbeitstag zu viel Stress gehabt und hatte kein Auge für ihn. Er würde ihr schon noch beikommen, da war er sich sicher. Er drehte sich um und verließ Joyce´ Büro. An der Tür drehte er sich aber noch mal um. Das freche Grinsen war wieder da und er versprach:

»So schnell wirst du mich nicht los, Süße!«

Dann fiel hinter ihm die Tür ins Schloss und Joyce atmete auf.

Aber Millers letzte Äußerung hallte ihr noch einige Male in den Ohren wider. Dann durchruckte es sie stark und ein Schauer kroch ihr über den Rücken. Dieses Gefühl hatte sie noch nicht oft gehabt, aber sie wusste, dass es Ekel war. Ekel und Abscheu vor diesem arroganten Miller und schon der Gedanke daran, dass er sie berühren könnte, ließ sie innerlich erschaudern.

Joyce packte ihre Sachen zusammen, lud den Computer runter und beschloss nun, die Arbeit hinter sich zu lassen. Jetzt würde sie sowieso keinen klaren Gedanken mehr fassen können. Und obgleich Mister Stone sich nicht mehr blicken ließ, um sie nach Hause zu schicken - denn irgendwie wartete sie darauf - verließ sie das Büro und wollte heimfahren.

Joyce kramte in ihrer Tasche und suchte schon den Busschein während sie auf den Fahrstuhl nach unten wartete. Als sich die Fahrstuhltür öffnete, hörte sie ihren Namen: »Joyce?!«

Joyce blickte auf. Mister Stone stand vor ihr und er räusperte sich laut. »Miss Angel!«, begann er von Neuem und ein leichtes Rot überzog seine Wangen.

»Sie sind ja noch da! Aber Sie müssen nicht gleich am ersten Tag Überstunden machen!«

Joyce zuckte verlegen mit den Schultern und da Wayne ihre leichte Enttäuschung über sein Nichtauftauchen in ihrem Gesichtsausdruck erahnte, fügte er entschuldigend hinzu:

»Leider war ich bis eben verhindert. Die Besprechung mit meinem Va ... «, sofort hielt er inne und verbesserte sich, »... mit einem Ver ... Vertreter für ... na ja, es war eine interne Sache, Sie wissen schon, zog sich ungeahnt in die Länge.«

Zum zweiten Mal klingelte die Fahrstuhltür und Wayne streckte Joyce nun die Hand entgegen. »Kommen Sie, ich werde Sie zum Ausgang begleiten.« Joyce blieb wortlos. Sie folgte seiner Aufforderung und betrat das Innere des Fahrstuhls. Für einen Moment herrschte Stille. Joyce wusste auch nicht recht, was sie auf Mister Stones entschuldigende Worte erwidern sollte. Sie fand sein Stottern irgendwie niedlich, wobei er nach passenden Worten gesucht hatte. Es war ein Zeichen der Unsicherheit gewesen, die er anscheinend auch besaß, obgleich er sich nach Außen hin immer korrekt und ohne Mängel geben musste.

Wieder übermannte sie ein komisches Gefühl. Eigenartig, dachte sie, in seiner Gegenwart ist alles so anders!? Was hat er nur an sich, was mich irgendwie fasziniert? Er ist so ganz anders - anders als Lilton!

Wayne hatte sich auch in seine Gedanken vertieft, doch obgleich er etwas grübelte, war er nicht von unbeantworteten Fragen beeinflusst. Denn er wusste, dass Joyce eine Frau war, für die es sich zu kämpfen lohnte. Aber er hatte keineswegs vor um sie zu kämpfen, solange sie mit ihrem jetzigen Leben und vor allem mit ihrem Lilton glücklich war. Nein, es lag ihm fern, sich zwischen eine Beziehung zu drängen. Wahre Liebe äußert sich nur ehrlich, wenn man den Menschen, den man innig liebt, glücklich sehen darf. Auch wenn einem selbst dabei die sehnlichsten Wünsche nur im Traum erfüllt werden können.

»Und wie hat Ihnen der erste Tag gefallen, Miss Angel?« Sogleich öffnete sich die Fahrstuhltür und beide betraten die große Halle. »Ja, doch gut«, antwortete sie rasch. Beinahe entschuldigend fügte sie hinzu: »Ich werde mich wohl schnell wieder an den Arbeitsstress gewöhnen müssen. Und auch unschöne Momente gehören dazu ...« Joyce senkte den Blick.

»Unschöne Mo ...?« Wayne brach den Satz ab und seine Stirn übersäte sich mit Falten.

»Miss Angel, wie meinen Sie das?«

Stumm ging Joyce voraus. Langsam gingen beide weiter in Richtung Ausgang. Wayne öffnete zuvorkommend die große Eingangstür und in ihm wurmte es.

»Was für einen unschönen Moment hatte es gegeben, Miss Angel?«, fragte er leicht nervös und es schien ihn wirklich sehr zu interessieren.

»Ach, es ist nichts von großer Bedeutung«, sagte Joyce und rang sich ein Lächeln ab.

Wayne starrte sie erwartungsvoll an und die Spannung in ihm stieg ins Unerträgliche.

»Und, Miss Angel«, bohrte er nochmals. Joyce versuchte sich gelassen zu geben, winkte dann ab und sprach mit leicht enttäuschtem Unterton:

»Tja, was soll ich sagen, Mister Stone? Obgleich ich mich bemühte, ihrem ausdrücklichen Wunsch nachzukommen, und mich nicht an die Kollegen, entschuldigen Sie den Ausdruck «ranmachen» wollte, muss einer mein Verhalten doch so verstanden haben.«

Wayne holte tief Luft und stieß laut hervor: »Miller!?«

Joyce nickte. »Ich habe ihn vorhin kennenlernen müssen«, und sie betonte die letzten zwei Worte besonders.

Waynes zuvor gestraffte Schultern sanken hinab und er sprach seine Gedanken aus: »Er kann es einfach nicht lassen. Ich habe ihn doch ...«, plötzlich hielt er inne, denn er bemerkte, dass er laut sprach.

»Ja, er ist dafür bekannt, Miss Angel. Haben Sie ihm

die Meinung gesagt?«, fragte er und sah Joyce` gerötete Wangen. Einige Male blinzelte Joyce verlegen, dann nickte sie stumm. Unwillkürlich musste Wayne nun schmunzeln. Wie nervös und verwirrt Joyce war. Beinahe unbezwingbar wurde sein Wunsch, sie in die Arme zu nehmen und ihr Schutz und Geborgenheit zu geben.

»Ja«, begann er dann wieder, »dieser Miller kann es nicht lassen. Doch«, hob er die Stimme, »wenn Sie es können, ignorieren Sie ihn einfach. Das macht ihn anfangs noch wütender, aber irgendwann wird er sie in Ruhe lassen.«

Im nächsten Moment zuckte Wayne zusammen. Er hatte Joyce soeben einen Ratschlag gegeben, doch er war sich nun nicht ganz sicher, ob sie ihn überhaupt hören wollte. Immerhin versuchte er nur, ihr zu helfen; aber er wusste nicht, wie Miller auf sie wirkte. Aus der Betonung ihrer Worte schloss er ganz eigenmächtig, dass diese Begegnung mit Miller ihr Unbehagen beschert hatte. Und wenn es vielleicht nicht so gewesen war? Nicht der Miller! schoss es ihm laut klingend durch den Kopf. Und bei diesem Gedanken überkam ihn das Gefühl der Eifersucht. Nicht der, nein der nicht, schwor er sich im Stillen und eine unbändige Macht, die ihn mit Zorn erfüllte, stieg in ihm auf. Alles schrie in ihm: Dann, ja dann werde ich doch kämpfen. Alles, nur der nicht!

Joyce hatte, derweil Wayne von diesen verwirrenden zermarternden Gefühlen und Gedanken durchflutet wurde, unbehelligt weiter in ihrer Tasche nach dem Busschein gesucht. Sie konnte seine Unmutsfalten auf der Stirn nicht sehen. Joyce fand Waynes Tipp äußerst wertvoll und damit spürte sie, dass sie ihm wohl wichtig war – jedenfalls in geschäftlicher Hinsicht um den

Arbeitsfrieden zu erhalten.

»Da bist du ja«, stieß Joyce heraus.

Joyce atmete auf, drückte den Busschein in ihre Faust und sah Wayne irgendwie befreit an.

»Wo ist er?«, fragte Wayne verdutzt.

»Na, mein Fahrschein«, wedelte Joyce nun mit dem kleinen Zettel hin und her.

Wayne schluckte laut.

»Ach so, ja. Sie wollen ja ... Sie müssen ja ... «, sprach er und brach ab. Er sah ihre leuchtenden blauen Augen und fragte sich: Hat Sie mir überhaupt zugehört ...?

Das hatte Joyce genau, doch Wayne wusste nicht, dass sie seine Anwesenheit, seine Nähe nur ohne den direkten Blickkontakt ertragen konnte. Aus diesem Grund hatte sie nur seinen Worten gelauscht, die sie von seiner Besorgnis um sie überzeugt hatten - aber wie sollte sie ahnen, dass Wayne zweideutig dachte?

Waynes ausgestreckte Hand zwang Joyce, ihm doch zur Verabschiedung in die blauen Augen zu schauen. Leise wiederholte sie seine Worte und hauchte:

»Wiedersehen, bis Morgen dann«, und sein freundlicher Blick verriet ihr, dass auch er sich auf ein nächstes Zusammentreffen freuen würde.

Der Busfahrer hatte scheinbar schon auf Joyce gewartet. Sie und Lilton kannten ihn von früheren Fahrten in die Stadt, denn er fuhr oft diese Linie. Obgleich sie sich in aller Frühe mit einem: »Bis heute Nachmittag vielleicht« verabschiedet hatte, aber selbst nicht genau wusste, wann sie die Tour zurückfahren würde, sah sie in das gleiche Gesicht, in das sie heute Morgen geschaut hatte.

»Sie sind noch immer im Dienst?«, fragte Joyce verwundert.

»Haben Sie nicht auch gerade erst Feierabend gemacht?!«, erwiderte er darauf und blickte sie freundlich an.

»Ja, doch, aber ...«, stotterte Joyce und dachte, wie kann er das so genau wissen, ich hätte doch auch noch in die Stadt ...

»Na Einkaufen waren Sie nicht, dazu fehlen Ihnen die Einkaufstaschen«, unterbrach er ihre Gedanken. Ach deswegen kam er darauf, dachte Joyce und atmete auf. Denn im ersten Moment hatte sie geglaubt, er hätte sie mit Wayne Stone, als sie sich vor dem Gebäude voneinander verabschiedeten, gesehen. Mister Stone war ihr Kollege, doch der Busfahrer kannte ja auch Lilton und es müsste nicht unbedingt ein Gerücht aufkommen, dass vielleicht hieße, sie würde mit anderen Männern herumstehen. Eigentlich war das, was er hätte sehen können belanglos, doch da sich Joyce zu Mister Stone hingezogen fühlte, auch wenn es niemand ahnte, überkam sie nun das Gefühl der Pein. Die Sonne strahlte auf ihr hübsches, leicht gerötetes Gesicht, als sie sich wortlos hinter den Busfahrer setzte.

Während Joyce im gemächlichen Tempo den Waldweg, der sie zu ihrem Holzhaus führen würde, entlangging, versuchte sie, nicht an Miller und nicht an Wayne Stone zu denken. All das, was passiert war, war wirklich genug für heute. Seit Monaten hatte sie nicht so viel Neues erlebt. Jetzt wollte sie nur noch abschalten und sie hoffte, Lilton würde schon auf sie warten.
Das eifrige Zwitschern eines Vogels hoch in den Baumkronen lenkte sie für eine Weile ab, bis sie endlich ihr Zuhause erreichte.

»Hallo Schatz!«, rief Lilton und eilte auf Joyce zu. Joyce erwiderte seinen Gruß mit einem innigen und intensiven Kuss, wobei sie sich eng an seinen Körper schmiegte.

»Wow!«, stieß Lilton hervor und löste langsam Joyce` Umklammerung.

»Ich liebe dich, Lilton«, hauchte sie, als sie mit geschlossenen Augen spürte, dass er sie nun anblickte. Dann fühlte sie, wie er nach ihren Händen suchte und einen kleinen Abstand erzwang.

»Was hast du?«, fragte Lilton und seine Augen blickten forschend auf sie herab. Joyce aber wollte jetzt keine neue Frage hören, sondern eher die Wiederholung ihrer Worte von ihm, dass er sie auch liebte. Nichts dergleichen geschah.

Abwartend blinzelte Joyce in die Sonne und sah plötzlich zwei Augen, die sie liebevoll anschauten. Augen, die so blau waren wie der Himmel, blau wie die ihrigen. Erschrocken hob sie die Lider und eine tiefe Unruhe bemächtigte sich ihrer. Ihr Herz klopfte bis zum Halse und ihr Magen krampfte sich zusammen. Wie konnte sich ihr ausgerechnet jetzt das Bild SEINER Augen - Waynes Augen - aufdrängen? Sie schaute schnell in Liltons Gesicht und sah in dessen fragende braune Augen.

Hatte er etwas bemerkt? Sie schämte sich.

»Lilton verzeih`«, flüsterte sie und spürte sogleich seinen Atem, als er ihr den Hals küsste und verwundert fragte:

»Verzeihen, was soll ich dir denn verzeihen? Was ist denn nur los mit dir?«

Joyce rang sich ein Lächeln ab, obwohl sie noch immer verwirrt und fassungslos war. So richtig konnte sie sich diese Erscheinung nicht erklären. Schnell suchte sie nach passenden Worten, um Lilton von ihrer Fahrigkeit abzulenken.

»Ach, ich freue mich so, bei dir zu sein. War es denn schlimm, denn ganzen Tag ohne mich?«

Da Lilton sie nicht fragte, wie wohl ihr Tag gewesen war, redete sie einfach weiter. »Mein Tag war sehr anstrengend ...«, sie hielt inne und öffnete die Spange, die ihr Haar zusammenhielt, schüttelte den Kopf, so dass ihre blonden langen Locken befreit auf ihre Schulter hüpfen konnten, »aber nun bin ich ja wieder da, hier bei dir.«

Unwillkürlich griff Lilton in ihr langes Haar, denn diesem Anblick konnte er nicht widerstehen, was Joyce natürlich wusste und gleich darauf suchten seine Lippen ihren Mund.

»Ja, du bist wieder da«, wisperte Lilton leise und zog Joyce wieder dich an sich heran. »Du bist so wundervoll.«

Seine zuvor noch kleine Zurückweisung, indem er Joyce` Worte der Liebe nicht erwidert hatte, verwandelte sich in ein starkes Begehren nach ihr. Und Joyce` Wunsch erfüllte sich.

Beide vergaßen sogar das Abendessen.

Und nachdem sie Hand in Hand einen kleinen Spaziergang durch das angrenzende Wäldchen gemacht und sich unter der alten Weide, die in der Lichtung stand, geliebt hatten, kehrten sie zurück ins Holzhaus.

Die geschlossenen Fensterläden des Hauses vermittelten den Eindruck von völliger Ruhe und Geborgenheit. Genau diese Geborgenheit gaben sich Lilton und Joyce, aber sie ruhten nicht ... ganz und gar nicht ...

Gleich am nächsten Tag wiederholte auch Miller etwas - seinen Annäherungsversuch. Es war so gegen zwölf, da öffnete Jack Miller die Tür von Joyce` Büro und steckte seinen Kopf durch die Tür.

»Begleitest du mich zum Mittagessen?«, fragte er kurz, trat ein und blieb erwartungsvoll vor Joyce` Schreibtisch stehen.

Die Augen fest an den Computerbildschirm klebend, rief Joyce fordernd in den Raum »Herein!«, obgleich sie Millers Eindringen bemerkt hatte.

Miller der vor ihr stand, murmelte leise:

»Hallo, hier bin ich.«

Joyce sah auf, jedoch schien ihr Blick durch Miller hindurchzudringen.

»Hallo Jo!«, wedelte Miller nun mit seiner Hand frech vor Joyce` Gesicht.

Obgleich Joyce ihn anfangs zu ignorieren versucht hatte, da er unglaublich dreist in ihr Büro eingedrungen war, ohne an die Tür zu klopfen und ohne hereingebeten zu werden, wiederholte sie Millers Anrede: »Jo ...?«

Mit den Händen stützte sie sich auf den Schreibtisch und erhob sich langsam.

»Ihnen fehlt wohl jeglicher Anstand ... Mister Jack Miller!?«, fragte Joyce empört und schüttelte fassungslos mit dem Kopf, »aber das von gestern war wohl ...«, sie brach den Satz ab, denn sie vermutete, dass weitere Worte ihn nur reizen würden, noch länger zu bohren und dann auch noch fiese Sprüche aufzufahren. Sie aber wollte ihn möglichst schnell loswerden. Sie raffte die Schultern und blickte ihn fest an.

»Was wollen Sie also?« Miller grinste über das ganze Gesicht, dann setzte er sich vor sie hin und flüsterte:

»Nun ja ... gestern ist nicht heute, oder?«

Seine Augen funkelten wie die einer angriffslustigen Katze und Joyce versuchte seinen Blicken standzuhalten.

»Geht es um etwas Geschäftliches, dann legen Sie los!«, forderte Joyce.

»Na ja, ein geschäftliches Mittagessen zu zweit käme mir sehr gelegen«, er tippte auf seine Uhr.

»Nein«, Joyce fuhr mit dem Zeigefinger an ihre Schläfe und meinte böse: »Erinnern Sie sich? Ich sagte gestern bereits eindeutig Nein. Ich bin nicht interessiert.«

Diese Worte fuhren Miller durch die Glieder. Joyce` Kratzbürstigkeit entfachte seine Wut, aber noch versuchte er, sie freundlich anzublicken, was ihm nicht ganz so gut gelang, denn mit den Gedanken war er nur dabei, Joyce auf andere Art und Weise in ihrer Seele zu treffen, um sich für die erneute Abfuhr zu rächen.

»Ich glaube, ich kann mir ein Bild machen ...«, begann er dann und sah Joyce fest an.

»Du bist ja eine besonders Eifrige«, fuhr er fort.

»Willst deiner Vorgängerin, der Gerson alle Ehre machen? Du willst wohl allen zeigen, dass du die Geeignete bist?! Hast wohl vor, dich unentbehrlich zu machen?«

Miller stand auf und ging zur Tür. »Aber Übereifer zahlt sich nicht immer aus! Leicht macht man sich dadurch Feinde!«, sprach er abschließend und seine Brauen hatte er tief ins Gesicht heruntergezogen.

»Jetzt langt´s mir aber!«, schrie Joyce ihn an. Sie rang nach Luft und beherrscht sprach sie weiter.

»Ich bin erst den zweiten Tag hier. Ich weiß nicht, warum Sie mich angreifen, nur weil ich kein Interesse daran habe, meine Freizeit mit Ihnen zu verbringen. Ich verstehe nicht, warum Sie mich deshalb beleidigen und mir sogar drohen. Aber anscheinend gibt es in jedem Unternehmen mindestens einen, der die Harmonie unter den Mitarbeitern absichtlich zerstören will, und Sie sind wohl genau dieser Unruhestifter.«

Miller zuckte etwas zusammen und seine Augen

funkelten nicht mehr. Bereute er seine Worte oder war es nur ein Zeichen dafür, dass er die nächste freche Bemerkung auf den Lippen hatte und überlegte, ob er sie Joyce wutentbrannt entgegenschleudern sollte? Nichts dergleichen passierte.

Miller ging wortlos zur Tür, warf Joyce einen letzten nicht gerade freundlichen Blick zu und verließ das Büro.

Joyce hörte die Tür ins Schloss fallen. Endlich war sie diesen aufdringlichen Menschen wieder los. Sollte sie sich nun den Rest des Tages über ihn aufregen? Schließlich kam sie aber zu der Überzeugung, dass Miller sie nur ärgern wollte.

Er war offensichtlich dafür bekannt, dass er andere Kollegen gern zur Weißglut reizte und Spaß daran hatte, wenn sie aus der Haut fuhren. Joyce war die Neue und es war wohl klar, dass er in ihr sein nächstes Opfer sah. Würde er sie jetzt vielleicht in Frieden lassen?

Den Rest des Monats ließ Miller sich nicht mehr in Joyce` Büro blicken. Und wenn er Joyce im Flur über den Weg lief, grüßte er zwar kurz, sah sie aber kaum an dabei und ging schnell weiter.

Hatte er es endlich kapiert, oder wollte er erst eine Weile warten, bis er den nächsten Versuch starten würde? Doch nicht nur Miller schien sich von Joyce fernzuhalten. Der Einzige, der sie in den letzten Wochen beachtete und ihr mit leuchtenden Augen gegenübertrat, war Wayne Stone.

Wenn er seine kurzen Besuche in Joyce` Büro erledigte, war er stets freundlich und zuvorkommend. Und jedes Mal lag ein Hauch von etwas Geheimnisvollem in der Luft.

Joyce bemerkte, dass sie sich auf die kurzen Stippvisiten von Wayne freute. Sie unterhielt sich gern mit ihm und - auch wenn sie es sich nicht eingestand - sie sehnte sich nach seiner Nähe. Aber es durfte ja nicht sein. Schließlich hatte sie ihren Lilton ...

Lilton - wenn Joyce an ihn dachte wurde sie traurig. Er hatte sich nur kurz nach ihrer Arbeitsaufnahme wieder liebevoll gezeigt. Zurückhaltend und ohne jegliches Zeichen der Zuneigung empfing er sie nun, wenn sie völlig ermattet nach Hause kam. Joyce war sich langsam ziemlich sicher, dass Lilton nur bei ihr blieb, weil ihm das ein bequemes Leben verschaffte. Dabei hatte er doch zu Beginn ihrer Beziehung so viel Leidenschaft und Liebe gezeigt. War das alles nur Berechnung gewesen? Noch wusste sie nicht, wie sie darauf reagieren sollte. Sie wusste aber, dass sie diese Nichtachtung ihrer Person, diese Gleichgültigkeit Liltons, nicht mehr lange ertragen konnte.

Joyce legte den mitgebrachten Ordner auf Wayne Stones Schreibtisch. Dann schlug sie ihn auf.

»Würden Sie bitte einen Blick darauf werfen!? Es sind die Abrechnungen für diesen Monat. Da die Provisionen der Kollegen für mich Neuland sind - damit kenne ich mich nicht aus - wäre es nett, wenn Sie mal reinschauen würden, bevor ich die Summen zur Zahlung anweise!«

Wayne nickte und rieb sich die Augen. Die vielen Stunden, die er vor dem Computerbildschirm gesessen hatte, ließen seine Augen schmerzen. Zögernd nahm Joyce Platz. Die Situation war völlig anders als erwartet, und sie wusste nicht, wie sie sich verhalten sollte. An jedem Tag dieses Monats hatte Wayne Stone sie freundlich angelächelt, wenn sie sich begegneten oder er sie im Büro aufsuchte. Aber heute war seine Stirn mit Fältchen übersät und er strahlte Nervosität aus.

Joyce suchte nach einem Grund. Hatte er einen nicht so

erfolgreichen Tag gehabt, oder war ihm heute die Arbeit über den Kopf gewachsen? Und da komme ich mit meinen Abrechnungen!, ärgerte sie sich im Stillen. Das hätte auch noch Zeit bis morgen gehabt. Am liebsten würde sie den Ordner nehmen und wieder gehen.

Plötzlich tastete Wayne Stone nach dem Ordner, zog ihn zu sich herüber und klappte ihn einfach zu. Sein Blick haftete dabei immer noch am Bildschirm. Mit der linken Hand fuhr er durch die Luft, als ob er sinnbildlich einen Kreis malen würde. Er schloss die Augen und mit der rechten Hand schaltete er den Computer aus.

»Miss Angel, das kommt nicht in Frage!«, sagte er laut und seine Worte klangen barsch und unzufrieden.

Joyce zuckte zusammen. So ablehnend hatte er sich ihr gegenüber noch nie verhalten.

Das konnte sie nicht auch noch ertragen.

»Ich ... ich komme lieber morgen wieder«, stotterte Joyce, stand auf und wollte zur Tür gehen. Da fühlte sie eine Hand an ihrem Arm und hörte Waynes Stimme:

»Miss Angel - bitte bleiben Sie!« Sie drehte sich um und blickte in Waynes Augen, die schuldbewusst aber gar nicht böse auf sie heruntersahen.

»Entschuldigen Sie, ich wollte Sie nicht so anfahren. Ich habe für heute nur genug von Abrechnungen und Zahlen.«

Nun lächelte er sogar und meinte:

»Sie sollten Ihre Abrechnungen auch für kurze Zeit vergessen. Wollen Sie mich nicht zum Essen begleiten? Ich würde mich sehr freuen. Wissen Sie ...«, dann brach er den Satz ab.

War das zu forsch? Bedrängte er sie? Das wollte er nicht. Verlegen räusperte er sich und fügte hinzu:

»Nachdem wir diesen anstrengenden Juli hinter uns gebracht haben, verdienen wir es, ein wenig auszuspannen. Meinen Sie nicht auch?«

Joyce sah ihn an und lächelte, aber tief in ihr begann sich ein Fragenmeer aufzutürmen. Aufmerksam sah sie Wayne an. Sein Blick ließ sie erschaudern, und rasch blickte sie zur Seite.

Hatten seine Augen nicht einen Moment lang begehrlich aufgeblitzt? Das hatte sie sich bestimmt nur eingebildet. Er wollte nur gut mit ihr auskommen und den ersten Monat Arbeit mit ihr feiern, weiter nichts.

Dieses Essen sollte geschäftsmäßig ablaufen - oder fühlte er sich doch zu ihr hingezogen - so wie sie sich zu ihm?

Mein Gott, was waren das für Gedanken?

Solche Gefühle durfte sie nicht zulassen, denn das war Lilton gegenüber nicht fair.

Schnell entschloss sie sich und lehnte ab.

»Mister Stone, ich ...«, sie schüttelte den Kopf und erfand eine Ausrede.

»Ich habe mich heute, es ist doch Freitag, schon mit Lilton zum Essen verabredet. Zwar bleiben wir zu Hause, aber Lilton versucht etwas Schönes zu kochen und er hat es schon fast gelernt.«

Wayne nickte, doch er erkannte die Lüge. Aber es war auch Monatsende und er konnte nicht glauben, dass Lilton ausgerechnet an diesem Tag mit irgendeinem Essen auf Joyce warten würde.

»Entschuldigen Sie, Miss Angel. Ihr Privatleben hat selbstverständlich Vorrang. Auf keinen Fall möchte ich mich da einmischen«, erklärte Wayne.

Eigentlich hatte Wayne heute nach dem Essen vorgehabt, zusammen mit Joyce die Abrechnungen durchzusehen. Nun hatte seine Frage, die er an Joyce stellte und die sie mit Nein beantwortete, alles durcheinandergebracht.

Wayne fühlte, dass er Joyce gehen lassen musste, obgleich es ihm widerstrebte. Er legte die Hand auf den zugeklappten Ordner, sah Joyce in die Augen und sprach ruhig:

»Gehen Sie Miss Angel, es ist in Ordnung. Ich schau´ mir die Abrechnungen nachher an. Machen Sie sich einen schönen Tag.«

Joyce nahm den Weg zur Tür. Wayne Stones letzter Blick verriet seine Enttäuschung, doch er versuchte zu lächeln.

Widerwillig hatte Joyce ihm eine Absage erteilt und fühlte ein wenig Schmerz in ihrer Brust.

Bevor sie die Tür ins Schloss ziehen wollte, sagte sie leise:

»Mister Stone ...!« Ihre Augen blitzen ein wenig, als sie durch den Spalt lugte.

»Verschieben wir es auf ein anderes Mal?«, fragte Joyce und Waynes Gesicht strahlte nun unwiderstehlich jung und fröhlich, wie sie es noch nie zuvor gesehen hatte. Nun durfte Joyce keinen Rückzieher mehr machen. Sie musste wohl oder übel nach Hause fahren.

Wayne hatte Recht mit seiner Vermutung, dass Lilton sie heute sicherlich nicht erwarten würde. Joyce selbst hatte Lilton noch gestern davon unterrichtet, dass es heute später werden könnte, da alle Abrechnungen durchzusehen wären. Niemand wartete auf Joyce! Bevor Joyce heimkehren wollte, musste sie noch eine wichtige Sache in der Stadt erledigen.

Mit leuchtenden Augen kam sie aus der Bank, und sie legte ihre Hand schützen wollend auf ihre Handtasche. Denn darin hatte sie ihren halben Lohn für diesen Monat verstaut. Von dem Geld könnten sie und Lilton ein paar der wichtigen Dinge, auf die sie lange verzichten mussten, bezahlen.

Als sie im Holzhaus ankam, war Lilton nicht daheim. Er hatte seinen morgendlichen Frühsport auf den Nachmittag verlegt. Seitdem Joyce ihren neuen Job hatte, trieb es ihn nicht mehr so früh aus den Federn. Joyce ahnte, dass Lilton Joggen war und somit setzte sie sich, wie sie es in jeder ihrer freien Minuten tat, unter die dicke alte Eiche und versank in ihre Träume, die sie in Worte gefasst auf ein weißes Blatt Papier schrieb.

Nach einer knappen Stunde lauschte sie den schnellen Schritten die sich näherten und schnell faltete sie das beschriebene Blatt zusammen, bevor sie es in das Buch, das sie als Unterlage nutzte, schob.

Lilton stand vor Joyce und sichtlich überrascht fragte er stockend:

»Was ... was machst du denn schon hier?«

Er drehte den Kopf nach beiden Seiten, so, als vermutete er noch jemanden in der Nähe.

»Danke, für die freundliche Begrüßung, Schatz«, gab Joyce darauf und ging auf ihn zu.

Obgleich sie sich etwas ärgerte, dass sie Lilton so unfreudig begrüßt hatte, sah sie sofort darüber hinweg, denn sie meinte noch immer, ihn zu lieben und heute würde Lilton wieder zärtlich sein. Das wusste sie genau, denn schließlich hatte sie ihren ersten Gehaltsscheck in der Hand.

Sie verdrängte es, darüber nachzudenken, dass Lilton nur bei ihr blieb, weil sie ihn aushielt. Sie sehnte sich nach Liebe und glaubte noch immer an die Worte ihres Vaters, dass man einen Menschen mit Liebe und Geduld ändern kann.

Joyce meinte, keine andere Wahl zu haben, wenn sie sich einmal für einen Partner entschieden hatte.

Und wirklich - als Lilton sah, wie viel Geld Joyce

verdient hatte, zeigte er sich von seiner besten Seite. Er las ihr am Wochenende fast jeden Wunsch von den Augen ab und Joyce war glücklich. Als sie aber Montagabend müde und abgearbeitet nach Hause kam, erwartete sie der alte mürrische missgelaunte Lilton. Sie begriff nicht, dass ein Mensch so schnell sein Verhalten ändern konnte wie er. Als wenn man von einer Sekunde zur anderen einen Schalter umlegt. Wenn sie ehrlich war, lebten sie beide doch nur noch nebeneinanderher, von gelegentlichen Ausnahmen abgesehen, die einen plausiblen Grund hatten: Joyce sollte ihm mit ihren finanziellen Mitteln einen seiner vielen Wünsche erfüllen. Noch wollte sie es aber einfach nicht wahrhaben. Trotzdem nahm sie eine Woche später Waynes erneute Einladung an. Sie brauchte einfach etwas Abwechslung und sie wollte sich endlich einmal mit jemandem unterhalten, der sie beachtet und ihr interessiert zuhört.

Bei Sonne und einem Glas Wein entspannte sich Joyce. Allmählich löste sich ihre Verkrampfung und es entwickelte sich ein heiteres Gespräch. Zunächst ging es noch um Zahlen und Abrechnungsbelege, doch allmählich wechselte das Thema und Wayne stellte gezielte Fragen an Joyce, die sie anscheinend gern beantwortete. Als Joyce begann, von ihrer Kindheit zu berichten, fuhr Wayne, für sie unbemerkt, mit der Hand in seine rechte Jackentasche. Und trotz des kleinen Räusperns, das er mit vorgehaltener Hand versteckte, war da ein seltsames Klicken zu vernehmen.

»Was war das?«, unterbrach Joyce ihre Erzählung.

Wayne riss die Augen auf.

»Was denn?«, fragte er nervös.

»Na das in Ihrer Jacke?«

»Ach, ich habe nur mein Handy ausgeschaltet. Wir

möchten doch ...«, er räusperte sich ein zweites Mal, »... möchten doch ungestört die Sonne genießen«, fuhr er dann erklären wollend fort. Joyce ließ sich davon beschwichtigen, und sie erzählte ihm von ihrer kranken Mutter, vom mysteriösen Verschwinden ihres Vaters und von Margarete, ihrer Tante. Wayne schien sehr interessiert zuzuhören. Joyce` Vater war also verschwunden?!

Welche Umstände dazu führten, wollte er mit gezielten Fragen erfahren. Doch Joyce winkte plötzlich ab. Auf keinen Fall würde sie den Brief des Vaters erwähnen, das war ihr eisernes Geheimnis.

»Mister Stone! Reden wir bitte über etwas Anderes!«, bat Joyce. »Die Erinnerungen schmerzen ..., sie schmerzen tief in meiner Brust.«

Sie schloss die Augen für einen Moment, dann blickte sie Wayne erwartungsvoll an.

»Wollen Sie mir nicht auch ein bisschen von sich erzählen?« Wayne durchruckte es stark. Schnell suchte er nach einer Ausrede und wollte vom Thema weg. Als Waynes Blick auf ihre Hände fiel, musterte er sie genau.

»Sie haben schöne Hände, zart und weich«, sagte er und als er aufschaute sah er in Joyce` verdutztes Gesicht.

Was ist Besonderes an meinen Händen?, fragte sie sich und wehrte sich dagegen, dass Wayne sie auf diese Art und Weise vielleicht becircen wollte - obgleich ein Annäherungsversuch nicht unbedingt mit der Schönheit irgendwelcher Hände begann. Aber es könnte ein kleiner Anfang sein, um sich näher an sie heranzutasten!

»Wieso sagen Sie das?«, fragte sie mutig und war auf seine Antwort sehr gespannt.

»Ich weiß auch nicht«, meinte er ruhig. »Ihre Hände sind schmal und feingliedrig, wie die eines Künstlers.

Die Tastatur des Computers überfliegen sie in Windeseile. Vielleicht steckt in Ihnen noch ein anderes Talent, mit dem sich diese Fähigkeit verbinden lässt!? Sie haben doch sicherlich ein Hobby?!«

Joyce nickte nur wortlos.

»Haben Sie schon mal daran gedacht Aquarelle zu malen oder mit Hilfe ihrer Kreativität ein Gedicht zu schreiben?«

Joyce war verblüfft. Sie spreizte die Hände auf ihren Schoß und betrachtete sie.

»Ich habe ein Hobby, aber davon habe ich bisher fast noch niemandem erzählt. Nur meine Studienfreundin wusste davon.«

Sie lächelte.

»Und Lilton weiß davon, aber er hat mich immer nur ausgelacht, wenn ich vor dem Kamin oder unter der Eiche saß und ein paar Hieroglyphen auf's Papier kritzelte - so bezeichnet Lilton meine Aufzeichnungen immer.«

»Was sind das für Aufzeichnungen?«, fragte Wayne interessiert.

»Ach, ich habe nur ...«, begann Joyce und stockte sogleich.

»Nun?«, fragte Wayne.

»Wollen Sie es wirklich wissen?«, fragte Joyce mit skeptischem Gesichtsausdruck.

»Sicher!«, nickte Wayne. »Ich bin sehr gespannt.«

»Nun ja, aus diesen Hieroglyphen hat sich mittlerweile eine dicke Mappe entwickelt ...!«

Joyce berichtete von ihrer Leidenschaft, wie sie mit Hilfe ihrer Träume und Erfahrungen, ihre Gedanken und Fantasien zu Papier brachte. In ihren Worten lag so viel Begeisterung und Ideenreichtum, dass es nur so aus ihr heraussprudelte. Sobald sie ihre Freundin Mary erwähnte und von deren Gefühlsbewegungen berichtete, die sie beim Lesen ihrer Prosa äußerte, begannen Joyce` Augen zu leuchten.

Entspannt in seinen Stuhl zurückgelehnt, hörte Wayne ihr zu. Obwohl er sein Interesse nach außen hin kaum anmerken ließ, spürte Joyce, dass er jedes ihrer Worte genau aufnahm und sich einprägte.

»Tja, so ist es«, sagte Joyce. »Die dicke Mappe, ja dies halbfertige Manuskript, schmort in der Schublade meines Schreibtisches. Lilton lacht mich aus, wenn ich mich damit beschäftige und Mary ist jetzt so weit weg - viel zu weit - um mir ihre Meinung dazu sagen zu können. Dabei war sie auf das Ende der Geschichte so gespannt. Doch was ...«, sie hielt inne.

»Doch was?«, wiederholte Wayne sie.

»Ich weiß das Ende selbst noch nicht«, meinte Joyce kleinlaut.

»Und, haben Sie Marys Adresse denn nicht?«

Joyce sah Wayne aus großen Augen an. »Ja doch. Wir schreiben uns, aber das ist nur selten. Alles, ja alles was vorher war ist abgestumpft. Wir waren sehr vertraut miteinander, nur ein Problem gab und gibt es. Mary mochte Lilton nie besonders leiden. Die beiden waren wie Hund und Katze zueinander. Mary meinte ich sei begabt und Lilton wollte auch sie nur vom Gegenteil überzeugen. Aber das gehört nicht hier her. Es gab nur Streit.« Joyce senkte den Kopf.

»Nur durch diese Sache, dieses blöde Hobby, habe ich Mary verloren. Ich weiß auch nicht, um des Friedens Willen hätte ich gleich damit aufhören müssen.«

Jetzt beugte sich Wayne in seinen Stuhl vor und schaute Joyce fest an.

»Sie irren sich, Miss Angel«, sagte er fast beschwörend. »Man muss lernen, zwischen den wichtigen und den unwichtigen Dingen zu unterscheiden, und die wesentlichen darf man keinen Tag zu lange aufschieben. Wenn man genau weiß, wo seine Begabung liegt, darf man keinen Moment zögern, das zu tun, was einem am Herzen liegt und schon gar nicht darf man um des Friedens Willen seinen eigenen aufgegeben.«

Seine Worte überraschten sie.

»Ja, Mister Stone, aber es geht im Leben nicht nur um die Verwirklichung seiner Leidenschaften und Vorlieben. Oft muss man zwischen Pflicht und Neigung wählen - ganz einfach um zu existieren. Und manchmal ist die Last der Verantwortung zu groß, um sich für seine Interessen zu entscheiden.«

Für einen kurzen Moment schloss Joyce die Augen und als sie die Lider wieder hob verlor sich ihr Blick in der Ferne des schönen Anblicks. Die Sonnenstrahlen reflektierten sich in den zarten Wellen des kleinen Sees der von der Terrasse des Strandkaffees weit zu überblicken war. Wayne war sprachlos über die Worte, die wie selbstverständlich aus Joyce heraussprudelten.

Sie war eine kluge Frau, dass wurde ihm immer mehr bewusst.

Unwillkürlich griff er ein zweites Mal in seine Jacke und wieder war da ein Geräusch. Doch Joyce` skeptischer Blick verwandelte sich urplötzlich in einen freudigen und fragenden, denn Wayne schob ihr einen Autoschlüssel zu und nun meinte auch er wie ganz selbstverständlich: »Auf dem Parkplatz, der kleine Silberfarbene, Kennzeichen CV16. Wenn es an manchen Tagen etwas später werden sollte – gerade zum Monatsende ist das häufig so - und sie womöglich den letzten Bus dadurch verpassen könnten, dann dürfen Sie diesen Wagen nehmen. Mistress Gerson hat ihn auch gefahren. Sie hatte sogar die sehr günstigen

Leasingraten übernommen und fuhr täglich damit.« Joyce` Augen blitzten vor Freude. Als Wayne ihr dann zunickte, willigte sie ein und wollte es genauso, wie es ihre Vorgängerin gehandhabt hatte, machen. Mit dem heutigen Tag besaß Joyce ein Auto, wodurch sie nicht mehr auf den Bus angewiesen sein würde.

An diesem Freitagmorgen betrat Joyce ihr Büro mit dunkel getrübter Seele. Würde sie ihre kummervollen Gedanken in der Arbeit ertränken können?
Stunden vergingen und der Stapel unbearbeiteter Akten, der vor ihr lag, hatte sich kaum gemindert. Joyce kniete neben dem breiten Aktenschrank und schämte sich nicht der Tränen, die über ihre Wangen rannen. In ihrer Erregung hatte sie halblaut vor sich hingemurmelt.

»Nanu, Miss Angel, mit wem reden Sie denn?« Joyce hatte Mister Stone nicht kommen hören, der plötzlich vor ihr stand und sie verwundert anstarrte.

»Ach Sie sind es, Mister Stone«, sagte Joyce eher gleichgültig.

»Das klingt ja nicht sehr freundlich!«, beschwerte er sich. Sekundenlang trafen sich ihre Blicke, und es war Wayne, als spüre er diesen Blick bis in die Tiefen seiner Seele. Sein Herz begann heftiger zu pochen. Wie ein Schlag traf ihn die Erkenntnis, dass Joyce traurig war. Der tiefe Ernst ihrer blauen Augen verlieh dem schmalen Gesicht etwas Ergreifendes.

»Was macht Sie denn so traurig, Miss Angel?«, fragte er leise.
Als sie nur stumm den Kopf senkte und die Augen schloss, fuhr er fort: »Was ist denn los? Wollen Sie darüber sprechen? Sie wissen doch, ich höre Ihnen gerne zu!«

Scheu ergriff er Joyce` schmale Hand. Warm und erstaunlich fest lag sie in der seinen. In diesem Augenblick hob Joyce den Kopf und schaute Wayne an.

»Ich habe Ärger ... großen Ärger.«

Ihre Stimme brach ab und sie kämpfte tapfer gegen die Tränen an, die in ihren Augen schimmerten.

»Wer war es? Wer ärgert Sie so sehr?«, wollte Wayne sofort wissen. Doch Joyce gab keine Antwort.

Sie hatte die Augen wieder geschlossen. Ihre Brust hob und senkte sich unter ihren tiefen Atemzügen. Wayne unterdrückte mühsam den Impuls, Joyce beschützend in seine Arme zu schließen, um sie zu trösten. Verlegen straffte er die Schulter und suchte nach einem Grund für Joyce` Traurigkeit.

»Hat Sie der Miller wieder geärgert?«, fragte Wayne und glaubte in diesem Punkte der Ursache sehr nahe zu sein.

»Der reagiert doch nur so hitzköpfig, weil Sie ein anständiges Mädel sind und sich ihm nicht an den Hals werfen, wie es die anderen vor Ihnen taten.«

Doch damit lag Wayne falsch.

Nun rollten Joyce die Tränen über ihr hübsches Gesicht. Kopfschüttelnd begann sie leise zu schluchzen:

»Wenn es nur so wäre. Nein, Miller hat es aufgegeben«, sie holte tief Luft, »nein, ein anderer hat mir sehr wehgetan«, sie stockte und suchte nach ihrem Taschentuch. Wayne gab ihre Hand frei und drehte sich verlegen zur Seite.

Während Joyce sich die Tränen abtupfte, stierte Wayne wütend auf die Wand. Joyce bemerkte nichts von seinem Zorn, denn sie ließ den Blick auf dem Boden ruhen. »Wer ...? Sagen Sie mir, wer hat Ihnen wehgetan?«, fragte Wayne und hatte Mühe den Worten keinen fordernden Unterton beizusetzen.

»Auch wenn Sie es wüssten«, schluchzte Joyce wieder, »könnten Sie nichts daran ändern.«
Sie stand auf und sah Wayne ins Gesicht.

»Mister Stone«, begann sie. »Ich weiß, es ist wieder Monatsende, aber ich werde so lange hierbleiben, bis ich die Gehaltsabrechnungen fertig habe. Meinetwegen bleibe ich auch am Wochenende hier und ruhe mich zwischendurch auf meinem Schreibtischstuhl aus. Doch ab Montag, ich bitte Sie ... brauche ich Urlaub. Ich will, ich muss weg und auf andere Gedanken kommen.«
Sofort wandte sie den Blick ab und glitt zurück auf den Schreibtischstuhl.

»Was ist denn nur passiert?«, hakte Wayne nach. Er war hin- und hergerissen und wusste kaum, wie er sich verhalten sollte.

»Bitte, erfüllen Sie mir den Wunsch, nur eine Woche«, flehte Joyce und die neugebildeten Tränen in ihren Augen drohten ihr junges Gesicht wieder zu überfluten. Wayne pumpte wie nach einem langen Lauf. Er konnte sein Mitgefühl nur schwer verbergen. In ihm brannte aber auch die Neugierde und unbemerkt verfärbte sich seine Gesichtsfarbe in ein Puterrot. Dann ging er zum Schreibtisch, blieb aber stumm. Ablenkend blätterte er in einigen Schreiben und tat so, als würde er sich für die noch unbearbeitete Post interessieren. In der Hoffnung den Grund von Joyce zu erfahren und auch wohin sie fahren wollte, denn es war klar, dass sie diese freien Tage nicht daheimbleiben würde, setzte Wayne ein skeptisches Gesicht auf und meinte: »Das ist aber noch ein Batzen Arbeit, Miss Angel.«
Er sah Joyce an und bemerkte ihren verzweifelten, ja fast flehenden Blick, der ihn tief in der Seele schmerzte.
Nur widerwillig, doch von Joyce` traurigen Augen gerührt, sagte er endlich: »Sie sind mir wirklich sehr

wichtig und Sie leisten auch hervorragende Arbeit, Miss Angel. Wenn Sie mir versprechen, sich in der Woche wundervoll zu erholen und wieder fit hier zu erscheinen ...«, er zog die Mundwinkel höher und lächelte sie an. »Ihr Wohlbefinden liegt mir sehr am Herzen ... na, dann ist die Sache genehmigt.«

Joyce schniefte laut durch die Nase und sprang auf. Wayne zuckte zurück, als sie ihre zarte Hand auf seine legte.

»Entschuldigen Sie, wenn ich Sie erschreckt habe!«, sagte Joyce und schenkte Wayne nun endlich ihr ihm so vertraut gewordenes unbeschreiblich schönes Lächeln.

»Ich danke Ihnen. Sie wissen gar nicht wie Sie mir damit helfen.«

Wayne erwiderte ihr Lächeln und sah ihr tief in die himmelblauen Augen.

»Aber nur ganz nebenbei bemerkt, das können Sie mir doch verraten; wo wollen Sie sich denn erholen? Fliegen Sie ins Sonnenparadies oder wollen Sie ihren Frust hoch im Gebirge auf Eis legen?«

Joyce meinte verschmitzt: »Ich liebe die Sonne.«

Wayne gab sich zufrieden. Nun wusste er wenigstens etwas und er begab sich wieder zur Tür. Doch als er Joyce einen letzten Blick schenken wollte, sah er, wie sie neben ihrem Schreibtisch langsam in sich zusammenklappte.

»Joyce, was ist mit dir?«, rief er ängstlich.

Schnell eilte er zu ihr und fing sie mit seinen kräftigen Armen auf. Er musste sich räuspern, denn in seiner Angst hatte er sie einfach geduzt.

»Miss Angel!«, sprach er sie an und spürte ihre warmen Tränen auf seinem Unterarm. »Kommen Sie, ich helfe Ihnen in den Stuhl.«

Federleicht war ihr Körper, als er Joyce aufhalf und sein

Herz pochte laut dabei. Joyce blinzelte ihn an und wieder liefen viele Tränen über ihr schönes Gesicht. Ihre Kehle schien zugeschnürt, denn sie gab nur ein leises Schluchzen von sich. Da Joyce ihm aber nichts von dem, was ihr Böses widerfahren war, erzählen wollte, fragte Wayne nicht weiter. Vorsichtig flüsterte er ihr zu:

»Ihr Frust legt sich nicht nur auf Ihre Seele, Miss Angel. Dieser Ärger, den Sie haben, bringt auch anscheinend Ihren Kreislauf aus dem Gleichgewicht.«

Joyce antwortete darauf nur mit einem verzerrten Lächeln. Wayne zog sein schneeweißes Taschentuch aus dem Jackett und tupfte ihr damit die Tränen von den Wangen.

»Sie sind so nett, Mister Stone«, bedankte sie sich und griff nach dem Tuch, welches er ihr zärtlich gegen das Gesicht drückte.

»Das ist doch selbstverständlich, Miss Angel. Aber ich befürchte, Sie brauchen den kleinen Urlaub nicht erst ab Montag!?«, meinte er fürsorglich und machte ein ernstes Gesicht.

»Soll ich Sie nach Hause ...?«

»Nein!«, unterbrach ihn Joyce und straffte die Schultern, als sie sich sogleich aufrecht in den Stuhl setzte. Plötzlich waren ihre Augen weit aufgerissen und diese Frage schien ihren Blutdruck wieder in die Höhe zu treiben. Wayne schwankte zurück. Dieses Nein traf ihn wie eine starke Windböe. Abwehrend hielt er ihr die aufgerichteten Hände entgegen und beruhigte sie:

»Ist schon gut, Miss Angel. Sie können auch hierbleiben.«

Gleich nach diesen Worten sackte Joyce wieder zusammen und sie starrte Wayne an. Doch sie schien durch ihn hindurchzublicken. Die vergangenen Stunden des gestrigen Tages zogen wie im Eilzugtempo durch ihre Gedanken und sie schmerzten Joyce tief in der Seele. Ihr Gesichtsausdruck war verkrampft und sie sah plötzlich um Jahre gealtert aus. Joyce blieb stumm und nun fixierte sie Waynes Gesicht genau. Sein besorgter Blick, seine dunklen Augen waren geheimnisvoll und doch wirkte beides beruhigend auf sie. Sie rang sich ein Lächeln ab und überlegte, ob sie ihm von ihrer Sorge erzählen sollte ...? Würde er ihr auch dabei ein treuer Zuhörer sein? Nein, dachte sie und schüttelte den Kopf. Das ist Privatsache, er würde es sicherlich nicht hören wollen!

»Tja«, meinte Wayne. »Ich werd´ mal wieder«, und rieb sich ablenken wollend die Hände. Er ging zur Tür und wollte nach der Klinke greifen, als Joyce leise sprach:

»Mister Stone, bitte gehen Sie nicht!«

Als er ihr wieder in die Augen sah, sprudelte es aus ihr heraus und Joyce erzählte ihm was ihr auf dem Herzen lag. Obgleich sich Joyce` Worte fast überschlugen, verstand Wayne aus diesem Wirrwarr genau, was und wer ihr Leid zugefügt hatte ...

Bestürzt schaute Wayne Joyce an und es war, als ob sie ihren Schmerz auf ihn übertragen hatte. Sekundenlang tauchte vor seinem geistigen Auge das Bild des Mannes auf, der für ihren Seelenschmerz verantwortlich war. Doch dann löste sich plötzlich der Stau in seinem Herzen und machte einem Gefühl der Erleichterung Platz. Wenn er das getan hat und er hat ..., dachte Wayne heimlich und meinte Lilton damit, dann ist er ihrer einfach nicht wert.

»Das haben Sie richtig gemacht«, sagte er mit souveräner Gelassenheit.

Joyce schluchzte wieder und als sie bemerkte, dass sie

mit ihrer Offenheit sogar Waynes Meinung zu der vermaledeiten Angelegenheit empfing, schaute sie plötzlich beschämt zu Boden. Wayne erkannte Joyce` Pein. Beschwichtigend erklärte er und sprach mit großer Sicherheit:

»Sie haben richtig gehandelt, Miss Angel. Es ist gut so! Ich könnte es auch nicht ertragen, ein Leben lang von der Frau an meiner Seite nur ausgenutzt und dann auch noch betrogen zu werden.«
Er trat wieder dichter an den Schreibtisch und beendete sein Resümee, wobei er ihr wohl bis tief in die Seele zu blicken schien.

»Es ist zwar Ihre Entscheidung, aber ich gebe Ihnen Recht. Tun Sie, was ihr Herz sagt!«
Vorsichtig legte er seine Hand auf die ihre.
Und nach einer kleinen Pause sprach er weiter.

»Ich bin ...«, stockte Wayne, »nun ja ich meine, Sie brauchen keine Angst zu haben, dass ich Sie dafür, was auch immer Sie im privaten Bereich tun, verurteilen werde. Wenn Sie mir davon erzählen, bleibt das unter uns, das können Sie mir glauben.«
Keiner wusste es so genau wie er. Eher würde er sich die Zunge abbeißen, als dass ein Angestellter des Unternehmens davon erfuhr. Joyce sah ihn mit einem forschenden Blick an.

»Kann ich mich darauf verlassen?«, begann sie und wollte die Gewissheit seiner Worte nochmals in seinen Augen erkennen.

»Ich danke Ihnen, Mister Stone«, meinte sie darauf, als er bedächtig nickte, sich aus dem Zimmer begab und Joyce letztendlich mit all ihren Grübeleien alleinließ.
Gedankenverloren ging Wayne den langen Flur entlang. Joyce tat ihm Leid, aber was er jetzt für sie empfand, war irgendwie eigenartig. Hatte er nur auf diesen

Moment gewartet? Die Sanduhr war wohl abgelaufen? Könnte er nun einen Schritt weitergehen? Noch nicht!, ermahnte er sich. »Noch nicht!«, murmelte er leise.

Joyce lehnte sich zurück. Sie fühlte sich nun doch etwas erleichtert und wollte sich an die Arbeit machen. Doch dann, als würde ein Staudamm in ihrem Innern brechen, holten sie die Erinnerungen wieder ein. Mit der Hand auf ihrer Brust sah sie zwischen den Ordnern, die sorgfältig aneinandergereiht im Regal standen, die Bilder des gestrigen Nachmittags. Verschleiert, denn wie ein Film, der nicht auf eine weiße Leinwand projiziert war, erschienen ihr die Bilder auf den Ordnerrücken. Sie zeigten ihr, wie sie gestern Nachmittag, drei Stunden früher als üblich, zuhause angekommen war und fröhlichen Gemüts nur ein leeres Nest vorfand. Joyce war einem routinemäßigen Termin in der Stadt nachgegangen und mit der Genehmigung von Mister Stone durfte sie das Büro eher verlassen. Doch Liltons Abwesenheit drückte ihre wohlgelaunte Stimmung hinunter.

Gleich nachdem sie ihre Geschäftskleidung abgelegt hatte, beschloss sie, den Stress der Arbeit mit einem Spaziergang abzuwerfen. Sicherlich war Lilton auf der Suche nach geeignetem Holz für den Kamin. Sie fand es herrlich, mit ihm abends am knisternden Feuer zu sitzen. Die Tage waren noch warm, aber am Abend brachte dieses Feuer Joyce die wohlige Entspannung, die sie aus dem Alltag riss und auch Lilton war ihr dann immer etwas näher, auch wenn er sie nicht all zu oft in seine Arme schloss - aber sie war wenigstens nicht allein.

Im Jogginganzug verließ Joyce das Gehöft und trabte leichten Schrittes hinein in den Wald. Die Sonnenstrahlen fielen leicht gefiltert auf den Waldboden und zauberten zarte Schatten in die Büsche und Sträucher. Der Herbst lag nicht mehr in all zu weiter Ferne. Doch heute war es angenehm warm, ein wunderschöner Spätsommertag. Lange würde es nicht mehr dauern, dann würde das abgeworfene Laub den Boden mit einem bunten Teppich belegen. Joyce würde es zu jeder Jahreszeit genießen hier leben zu dürfen. Der Frühling war herrlich, der Sommer war einfach wunderschön. Hier hatte sie alles; ein Häuschen und Natur pur.

Lilton? dachte sie. Wenn er nur etwas liebevoller zu mir wäre. Aber sie glaubte fest daran, dass sich das auch noch ändern würde.

Bald erreichte Joyce die kleine Lichtung. Dort befand sich, ganz untypisch der üblichen Vegetation, eine uralte Trauerweide. Kurz nach ihrem Einzug in das Häuschen ihrer Tante hatten sie bei einem Erkundungs-spaziergang diesen Platz entdeckt.

Unter dieser Trauerweide hatten sie und Lilton sich damals so manches Mal ihren Gefühlen hingegeben. Es war der Platz der Liebe, der Liebesbaum, wie Joyce diesen Ort nannte.

Doch jetzt war schon wieder viel Zeit vergangen, seitdem sie beide das letzte Mal hier waren.

Immer wenn sie Lilton zu einem Spaziergang ani-mieren wollte, der dorthin führen sollte, hatte er eine Ausrede gehabt. Dann war sie allein in den Wald ge-gangen, doch ohne Lilton hatte sie diesen Ort nie auf-gesucht.

Plötzlich sehnte sie sich nach diesem Platz und nahm sich vor, sich unter der Weide an die vergangene schöne Zeit zurückzuerinnern.

Leise rauschte der Wind in den Baumkronen und lautlos näherte sie sich dem geheimen Versteck. Wie ein grüner Schirm verdeckten die herabhängenden, dichtbeblätterten Zweige die Sicht auf den Stamm der alten Weide. Doch was war das???

Joyce hörte ein Geräusch, nein, es war Geflüster. Sie schaute sich um, aber sie konnte keinen Spaziergänger erspähen. Und wer würde hier nach Pilzen suchen? Sie konnte es sich auch nicht vorstellen, dass sich Unbefugte hier in dieses Waldstück wagen würden. Die großen Schilder am Rande der Straße wiesen eindeutig daraufhin, dass dieser Wald Privatbesitz war. Niemals zuvor hatte Joyce bemerkt, dass jemand dieses Verbot missachtete.

Die Stimmen aber schienen sehr nah zu sein und sie verwandelten sich in ein Lachen. Es war eher ein Juchzen und Joyce stellte mit Grauen fest, dass sie aus dem Versteck herkommen mussten. Angelehnt an den dicken Stamm einer riesigen Robinie lauschte sie den Geräuschen und hielt sogar den Atmen an.

Wer hatte auch entdeckt, dass die Trauerweide ein wunderbares Liebesnest war?, fragte sie sich. Für einen Moment verstummte das Gewisper, doch dann ertönte eine Männerstimme:

»Du bist so wundervoll, Annabel.«

Diese Worte waren Joyce bekannt, diese Stimme kannte sie!!! Joyce erstarrte zur Salzsäule, ihre Kehle war wie zugeschnürt, obwohl sie am liebsten laut geschrieen hätte.

Zweifellos, es war Lilton, der sich mit einem weiblichen Geschöpf namens Annabel in ihrem Liebesversteck vergnügte.

Ihr reichte, was sie gehört hatte, doch um Lilton mit seiner Geliebten Annabel inflagranti gegenüberzutreten, fehlte ihr momentan die dazugehörige Beherrschung. Dieser direkten Konfrontation war sie nicht gewachsen. Sie wusste nicht, ob sie es ertragen könnte, Lilton mit einer anderen Frau im Arm zu sehen. Dieses Bild, diese nackte Wahrheit, wollte sie sich ersparen, obwohl alles in ihr schrie: Geh´ dazwischen! Lass´ dir diesen Betrug nicht gefallen! Doch die Vorstellung dessen, was sie wohl zu sehen bekäme, hielt sie davon ab.

»Nein, nicht jetzt!«, sagte sie fordernd zu sich und löste sich von der Robinie. Schwankend, wie von einer Droge benebelt, ging sie den Weg, der sie hergeführt hatte zurück. Aber sie ging nicht zum Holzhaus, sie irrte durch den Wald. Sie schlich die Wege entlang, trabte einige hundert Meter, verweilte angestützt an einigen kräftigen Stämmen, hockte vor Sträuchern und versuchte ihren tiefen seelischen Schmerz abzuschütteln. Stunden vergingen so und sie wurde die Frage nicht los: Warum nur, warum betrügt er mich so schändlich? Bin ich ihm gar nichts wert? Hat er mich überhaupt jemals geliebt?

Doch endlich sah sie ein, dass sie hier im Wald die Antwort nicht finden würde. Sie musste nach Hause. Sie musste endlich der Wahrheit ins Auge sehen und sie musste eine Entscheidung treffen. Aber erst wollte sie sehen, wie Lilton reagierte, wenn sie ihm auf den Kopf zusagte, was sie gehört hatte.

Auf dem Weg zurück zum Holzhaus, nahm Joyce weder den Duft des Waldes noch die langsam hereinbrechende Dämmerung wahr, die sich allmählich über das Tal senkte. Es schien, als waren ihre Sinne abgestumpft. Joyce fühlte sich gedemütigt. Sie hatte für Lilton alles getan und er verriet sie so schändlich. Womit hatte sie es verdient, dass er sie bei der erstbesten Gelegenheit hinterging?

»Blind und töricht bin ich gewesen«, warf sie sich vor. Jetzt wurde ihr klar, warum er ihr gegenüber meistens abweisend und gleichgültig war. Sie glaubte, ihn zu kennen und musste nun endlich feststellen, dass sie sich geirrt hatte. Ihre Ahnungen, die sie immer nicht wahrhaben wollte; dass er sie nur ausnutzte, waren doch Realität. Was hatte sie eigentlich veranlasst, in Lilton etwas Besonderes zu sehen? War sie wirklich so blind vor Liebe gewesen?

Joyce hob den gesenkten Blick und konnte das Holzhaus bereits erkennen. Ein eiskalter Schauer kroch ihr den Rücken hinab, als sie daran dachte, dass Lilton dort bereits warten würde.

Auf einmal dachte sie, dass sie sich ja vielleicht geirrt hatte – vielleicht war das unter der Weide gar nicht Lilton gewesen? Schließlich hatte sie nur eine Stimme gehört, aber nichts gesehen!

Sie ging den langen Weg zurück, um sich Gewissheit zu verschaffen.

Der zugezogene Himmel - denn der Tag ging endgültig seinem Ende zu - und die hohen Bäume mit ihren beblätterten Kronen erzeugten eine grausige Dunkelheit. Aber Joyce wollte sich von ihrem Vorhaben nicht abbringen lassen. Endlich erreichte Joyce die alte Weide. Es war der Ort ... der Ort, der ihr Leben verändert hatte. Obgleich sich alles in ihr sträubte, bemühte sie sich eisern dagegen anzukämpfen. Mit einem Gefühl, als würde sie der Schmerz innerlich langsam zerfressen, kroch sie unter die herabhängenden blätterreichen Zweige der Weide.

Auf dem nackten festgedrückten Erdboden, auf dem vor Kurzem wohl eine Decke ausgebreitet war, setzte Joyce sich und ließ ihren verzweifelten Gefühlen freien Lauf. Die Beine angewinkelt, den Kopf auf die Knie gelegt und das Gesicht von Tränen überflutet, kauerte Joyce vor sich hin.

»Warum nur? Warum?«, fragte sie unzählige Male.

Ihr Herz war wie aus Blei, es drückte und pochte schwer in ihrer Brust. Und hätte der Mondschein, der durch die Zweige schimmerte, sie nicht aus dem Wirrwarr ihrer Grübeleien gerissen, hätte Joyce ihr Gefühlstief noch lange nicht unterbrochen.

Irgendetwas funkelte im zarten Schein des Mondes. Joyce befreite ihre Augen von den Tränen und tastete vorsichtig nach dem seltsamen Blitzen, das scheinbar halb in der Erde eingegraben war.

Ein schmerzender Druck in der Brust überkam sie, denn sie hatte ein Beweisstück gefunden. Ja, es war der Beweis, dass Lilton heute hier gewesen sein musste. Geschwind verstaute sie Liltons Eigentum in der Jogginghose und raffte sich auf. Jetzt verspürte sie einen starken Drang in sich. Sie wollte Lilton zur Rede stellen.

Im Mondschein stapfte sie zurück und erreichte schnell das Gehöft. Langsam näherte sie sich der Eingangtür.

»Hallo Schatz«, begrüßte sie Lilton gewohnheitsmäßig und ging ohne sie zu berühren an ihr vorbei nach draußen. Schon lange gab er ihr keinen Begrüßungskuss mehr. Sie musste ihn sich holen - aber nachdem, was sie heute erlebt hatte, war ihr das Verlangen danach natürlich vergangen.

Lilton war dabei, das Kaminholz für den heutigen Abend ins Haus zu bringen. Joyce antwortete nicht auf seinen Gruß. Sie beobachtete ihn unauffällig, wie er wieder ins Haus ging, die Arme beladen mit Holz, wobei ihr wissender Blick ihre tief in ihr brodelnde Wut verriet. Joyce schloss kurz die Augen, atmete tief durch und folgte Lilton in Haus. Liltons gutgelaunte Stimmung drang durch den Raum, denn er summte zuerst, dann pfiff er leise vor sich hin, während er den Kamin fütterte.

Joyce stand im Türrahmen und das Blut schoss ihr ins Gehirn. Ich kann nicht, schrie alles in ihr, aber sie kämpfte gegen die Angst, die in ihr aufstieg.

»Bist wohl heute früher nach Hause gekommen?«, unterbrach Lilton sein Pfeifkonzert, aber er sah Joyce nicht an. Er hatte ihre Anwesenheit nur durch das leise Knarren, als sie die Türschwelle betreten hatte, bemerkt.

»Warst aber lange spazieren«, stellte er fest, aber er wandte sich ihr nicht zu. »Zu viel Stress gehabt?«
Irgendetwas lag in der Luft, doch Lilton hatte keine Ahnung, was es sein könnte. Wortlos setzte sich Joyce in ihren Sessel, zog die Beine an und blickte ins Feuer.

»Was hast du denn heute?«, erkundigte sich Lilton, nachdem er sich ebenfalls mit einer Zeitung in den anderen Sessel gesetzt hatte. »Du bist so anders als sonst und ...« Nun blickte er Joyce an. »Joyce, was hast du?«, wiederholte Lilton und wollte sie damit aus ihrem kataleptischen Blick erlösen.
Joyce nahm ihren ganzen Mut zusammen und holte tief Luft.

»Lilton, weshalb tust du mir das an?«, fragte sie ganz leise, aber würdigte ihn keines Blickes. Lilton ließ die Zeitung auf den Schoß sinken und starrte Joyce an.
So, als bräche ein Damm in seinem Inneren, ahnte er wohl plötzlich was sie mit dieser Frage verband. Betroffen senkte er den Blick. Er gab keine Antwort. Damit hatte er jetzt nicht gerechnet, aber durch sein Verhalten verriet er sich. Joyce sah ihn nun an und in ihren Augen begann es zu glitzern. Als sich ihre Blicke trafen, schien die Stille im Raum und die Spannung ihre Kehlen fest zu verschnüren. Wie ein Karussell kreisten die Gedanken in ihren Köpfen.

»Du scheinst ja genau zu wissen, wovon ich spreche?«, sagte sie und versuchte seinem eindringlichen Blick standzuhalten. Sinnierend griff Lilton sich durch's Haar, und er suchte krampfhaft nach Worten. Um sein Schweigen auf Joyce` erste Frage zu vertuschen, fragte er ruhig:

»Was habe ich dir denn ge ...?« Joyce` heftige Handbewegung schnitt ihm das Wort ab.

»Sei still!«, zischte sie und erhob sich aus dem Sessel. Lilton gehorchte, wie ein kleines Kind, das von seinem Vater eine Predigt zu erwarten hatte.

Joyce` Erregung wuchs, aber sie bemühte sich ruhig zu bleiben, als sie langsam auf ihn zuging.

Als sie genau vor ihm stand, griff sie sich in die Hosentasche und hielt ihm eine silberne Kette vor die Nase, die sie unter der alten Weide gefunden hatte.

»Hier!«, sagte sie und warf ihm das Schmuckstück vor die Füße.

»Was ist das ...?«, fragte Lilton.

»Was das ist?«, wiederholte Joyce.

»Du hast sie also noch nicht mal vermisst? Es ist die Kette, unsere Kette, das Zeichen unserer Liebe. Erinnere Dich!« Joyce` Stimme klang messerscharf.

»Was ... was?«, stotterte Lilton. »Wo, wo?« Er griff sich an den nackten Hals.

Obgleich Joyce zitterte, fühlte sie sich stark genug, um betont ruhig zu erwidern: »Ich habe sie dir zurückgebracht. Du hast sie heute verloren.« Joyce` Stimme hob sich. »... als du mit Annabel ... unter der Weide ...!«

»Aber ... aber«, stotterte Lilton wieder. Er griff nach Joyce` Unterarm. Joyce wehrte sich nicht und einige Atemzüge lang blickten sie einander an wie Feinde. Lilton hatte das Gefühl, dass eine Flamme aus ihren Augen schoss. Joyce hatte erwartet, dass er ihr nun alles beichten würde, doch er machte einen fatalen Fehler. Als er die Lippen öffnete und die drei Worte: »Wer ist

Annabel?«, in Joyce` Ohren wie ein lautes Echo wider-
hallten, war ihre Schmerzgrenze erreicht. Joyce riss sich
von ihm los. Ihre Hand fuhr durch die Luft und klatsch-
te auf Liltons Wange.

»Das ist das Schlimmste, was du mir antun konntest
und das werde ich dir auch niemals verzeihen können«,
schrie sie ihn an.

»Niemals!«, wiederholte sie und ihre Stimme bebte.

»Das schwöre ich dir!«, fügte sie eisern hinzu.
Tränenüberströmt eilte sie zur Kommode, bückte sich
und suchte ein Taschentuch.

»Hättest du es wenigstens zugegeben«, schluchzte sie.

»Du bist es nicht wert, du Dreckskerl ...«
Als sie sich wieder aufrichtete, wollte Lilton das Zimmer verlassen.

»Halt!«, schrie sie.

»Aber ich ...«, begann Lilton und stand kerzengerade
im Raum. Seine Augen heftete er an Joyce` Gesicht.

»Nützt es was, wenn ich dich um Verzeihung bitte?«,
versuchte Lilton ohne richtig überlegt zu haben.
Joyce traute ihren Ohren nicht. In ihr Gesicht stieg Farbe und ihre Augen funkelten stark.

»Du gibst es also doch zu?« Laut entfuhr es ihr aus
der Kehle:

»Es ist zu spät, Lilton! Aber ich möchte wissen
warum? Weshalb nur? Habe ich dir denn nicht alles
gegeben. Habe ich dich jemals abgelehnt?« Ihre Worte
wurden leiser. »Hab´ ich dir nicht gereicht?«
Traurig senkte sie den Blick und unterdrückte die neuen
Tränen.

»Jetzt weiß ich, warum du schon so lange abweisend
zu mir bist, warum dir meine Zärtlichkeiten lästig sind,
warum du dich abends im Bett gleich von mir weg-
drehst und lieber schläfst: Du hast dich ja bei dieser

Annabel ausgetobt! Da ist natürlich für mich nichts mehr übrig!«

Lilton versuchte trotz allem die Sache für sich zu retten. Er hielt ihr hilflos die Hände hin. »So ist es nicht. Ich liebe dich doch«, log er. Kopfschüttelnd drehte sich Joyce zur Seite. Sie schnappte nach Luft und spürte, wie ein Zittern ihren gesamten Körper durchflutete.

»Weißt du überhaupt, was diese Worte bedeuten?«, schrie sie ihn an. »Du bist so wundervoll ...«, ergänzte sie mit sarkastischem Unterton, um ihn an seine Worte zu erinnern. Doch Lilton verstand diese Äußerung nicht, die Joyce so viel bedeutete. Als sie spürte, dass er nichts verstand, von dem, was sie damit bezweckte, fauchte sie: »Das sagst du niemals mehr zu mir!«

Mit der rechten Hand griff sie sich an den Hals und riss sich ihr Silberkettchen, welches denselben Anhänger, wie es Liltons hatte, herunter und langsam ließ sie es Glied für Glied durch ihre gespreizte Hand auf den Boden gleiten.

»So hast du es doch gewollt, bitte!«

Sprachlos sah Lilton sie an, ließ die Arme neben seinen Hüften hängen und wagte nicht sich zu rühren. So hatte er Joyce noch nie erlebt. Immer war sie die Ruhe selbst und hatte all seine Macken akzeptiert. Stets gab sie als Erste nach, wenn sie sich stritten und nahm oft die Schuld daran auf sich. Heute, das begriff er, hatte er für Joyce den Bogen völlig überspannt. Sie stand vor ihm voller Wut und strahlte so viel Kraft aus, dass er keine Erwiderung mehr wagte. In ihr schien eine unbändige Macht ihr Selbstvertrauen zu stärken. Sie würde nie wieder klein beigeben, das spürte er. Alles hatte sie in Kauf genommen: Liltons Launen, seine Unnahbarkeit und wenn er dann doch ´Lust´ auf sie verspürte, gab sie sich ihm fast dankbar hin. Dies stieß nun in ihr auf. Jetzt musste alles heraus. Sie war kein naives Mädchen mehr. Ohne hochmütig zu denken, war doch auch sie diejenige, die sich beruflich beweisen musste und nicht nur das ...

Auch den begehrlichen Blicken anderer Männer hielt sie Stand. Diese Annäherungsversuche zeigten doch, dass sie kein unbedeutendes hässliches Entlein war. Sie war eine begehrenswerte Frau und diese Gottesgabe hatte sie nie ausgenützt und war stets nur für Lilton da gewesen.

»Wie lange ...?« Joyce` Kloß im Hals hinderte sie sich zu äußern und sie brach den Satz ab. Doch auch ohne, dass sie ihre Frage zu Ende stellte, verstand Lilton deren Bedeutung genau. Darauf konnte und wollte er Joyce aber nicht antworten. Eine weitere Lüge würde Joyce sicher erkennen. Und auch die Wahrheit wäre nur das fehlende Pünktchen auf dem i.

Joyce bemühte sich um Ruhe in ihrem aufgewühlten Inneren. Liltons erneutes Schweigen war ihr Antwort genug. Annabel war also nicht nur ein kurzer Flirt. Die junge Frau stillte sicher schon seit Monaten Liltons Gelüste. Das Geräusch, welches Joyce eines Morgens vernommen hatte - mit großer Bestimmtheit war das Annabel. Jetzt konnte sie sich alles mehr und mehr zusammenreimen. Gleich nachdem sie die neue Stellung annahm, wurde Lilton zum Langschläfer und er verlagerte sein morgendliches Joggen auf den Nachmittag. Joyce störte wohl und so mussten seine leidenschaftlichen Begegnungen mit Annabel einer anderen Tageszeit weichen.

Immer noch von Lilton abgewandt, sprach Joyce mit geschlossenen Augen in den Raum:

»Ich möchte, dass du von hier verschwindest, Lilton, sofort!« Gefährlich leise klang ihre Stimme. »Sofort!!!« Keine Antwort!

Nur ein leises Rascheln war zu hören. Als sie aufblickte, hatte Lilton das Zimmer verlassen.

Auf dem Boden lag nicht nur die Zeitung, die Lilton zuvor studiert hatte, auch die Silberkettchen lagen dort. Joyce schob mit dem Fuß die Zeitung darüber und trampelte einige Male darauf umher.

»Mistkerl!«, schrie sie plötzlich sehr laut und nach einem kräftigen Sprung auf die Zeitung, sackte sie lautlos zu Boden. Mit der rechten Hand fuhr sie verzweifelt und wütend durchs Haar und zerzauste es damit völlig. Zusammengekauert saß sie auf den Dielen und zog die Kettchen langsam unter der Zeitung hervor. Sie presste beide in der Hand und schleuderte sie in die Richtung, in der Lilton verschwunden war.

»Du hast was vergessen!«, schrie sie und schloss die Augen. Joyce fühlte ihr Blut in den Schläfen klopfen. Ein Zucken bewegte ihre Züge. Mit einer plötzlichen Klarheit erkannte sie, dass sich dieses »Ende mit Schrecken« schon lange angekündigt hatte.

Wieder fragte sie sich, warum sie so leichtgläubig und gutmütig Liltons Lieblosigkeit ertragen hatte. Hätte sie ihn nicht schon längst darauf ansprechen müssen? Hätte sie nicht schon da misstrauisch werden müssen, als sie merkte, dass Lilton mit dem Umbau des Hauses kaum vorankam, obwohl er, wenn sie arbeiten war, genug Zeit hatte? Wie er sie verbracht hatte, war ihr nun kein Rätsel mehr. Warum also hatte sie über alle diese Anzeichen einer Entfremdung hinweggesehen? Jetzt wusste sie: Es war ihre Angst vor dem Alleinsein. Es war ihre Erziehung, die ihr vermittelt hatte, eine Frau bräuchte die Führung eines Mannes. Ach, ihr lieber Papa ... Sie machte ihm keinen Vorwurf, aber was würde er wohl sagen? Sie konnte sich nicht vorstellen, dass er Liltons Betrug gutheißen würde. Sie war jetzt ganz allein. Sie wusste, dass sie Lilton niemals verzeihen konnte. Ihr fiel auf, dass sie keinen Hass für ihn empfand - nur tiefste Verachtung. Mit so einem Menschen konnte sie nicht länger unter einem Dach leben, der sie wissentlich belog und betrog.

Aber war sie wirklich ganz allein ...?

Während sie so auf dem Boden saß und mit ihrem Schicksal haderte, drängte sich ihr immer mehr das Bild eines anderen Mannes auf: Wayne! Wie zuvorkommend und liebenswert er sich ihr gegenüber verhielt, wie nett er sich um sie bemühte, wenn sie Probleme bei ihrer Arbeit hatte, wie aufmerksam er ihr immer zuhörte, seine strahlenden Augen, wenn er sie sah ... Sie wusste, dass das bei ihr nicht ohne Wirkung geblieben war.

Hatte sie doch schon öfter in Tagträumen, wenn sie Liltons Gleichgültigkeit vergessen wollte, an Wayne gedacht und sich vorgestellt, wie er wohl mit ihr umgehen würde ...? Immer sah sie sich glücklich und zufrieden dabei. Aber immer schämte sie sich geradezu, weil sie glaubte, Lilton damit schon zu betrügen. Deshalb, weil sie sich ihrer Gedanken schämte, verhielt sie sich Wayne gegenüber oft betont kühl und zurückhaltend. Wie dumm sie gewesen war! Sie seufzte tief. Jetzt musste sie ihr Leben neu ordnen, das war ihr klar. Dazu brauchte sie erst einmal Ruhe und Abstand von allem. Deshalb hatte sie heute Wayne um Urlaub gebeten, hatte ihm in groben Zügen ihr Leid dargestellt und von ihm vollstes Verständnis geerntet. Wie mitfühlend seine Augen sie angesehen hatten ... oder liebevoll?? Träumte sie schon wieder?!

Joyce riss sich aus ihren Gedanken. Sie musste noch ihre Arbeit beenden. Und dann wollte sie schnell nach Hause und ihre Sachen packen ...

Ohne Wayne Stones Hilfe zu beanspruchen, kehrte Joyce am Nachmittag ins Holzhaus zurück. Sie ahnte, dass Lilton nicht mehr da sein würde, hatte er nach der Auseinandersetzung doch schon das Weite gesucht und die Nacht im Holzschuppen verbracht.

Joyce war froh, dass sie ihm nicht noch einmal begegnen musste, denn er hatte, wie sie sah, alle seine Sachen mitgenommen.

Auf dem Dielentisch lag ein Blatt Papier. Es war Liltons Abschiedsbrief. Joyce bemühte sich stark, und sie überwand ihre innere Abneigung für einen kurzen Moment. Sie setzte sich auf den Stuhl und las die geschriebenen Zeilen ...

Doch Lilton hatte kein Talent sich in Worten auszudrücken.

Kurz und knapp war seine Erklärung, mehr hatte Joyce auch nicht erwartet. Sie lehnte sich zurück in den Stuhl und starrte vor sich hin. So also endete das, von dem sie gedacht hatte, es sei ihr Leben bis ans Ende ihrer Tage. Es war bitter und sie war dem Weinen nahe. Doch es war nicht mehr zu ändern und sie wollte es auch nicht mehr ändern ...

Wayne wurde hin- und hergerissen zwischen Verstand und Gefühl. Jetzt verspürte er den Drang mit seinem Vater über Joyce reden zu müssen. Er wusste, dass sein Vater mit seinen knapp 71 Jahren und seiner Herzkrankheit nicht mehr so stark belastbar war. Aber der Vater hatte seine Prinzipien, seine eisernen Regeln, und nur durch das Einhalten dieser Regeln war er ein erfolgreicher Geschäftsmann geworden. Wayne wollte ihn nicht verletzen, er hatte doch nur noch ihn.

Vorsichtig klopfte Wayne an die Tür zu seines Vaters Büro.

»Vater, ich habe mich verliebt«, schoss es aus Wayne, als er auf den Vater zuging. Kurz vor dem Schreibtisch blieb er stehen und blickte ihn wie aus Kinderaugen an. »Sie ist die wunderbarste Frau, die mir je begegnet ist«, erklärte Wayne und zwang sich langsam zur Ruhe. Würde sein Vater das verstehen können?

»Sie ist warmherzig, verständnisvoll und so wunderschön. Sie schenkt mir Kraft und Ruhe zugleich. Wenn sie mich nur ansieht, steht mein Herz in Flammen. Ich glaube ...«, er zögerte kurz, »ich glaube, sie ist mein Leben.«

»Guten Abend, Sohn. Wer ist diese Frau?«, fragte sein Vater kurz und knapp.

Wayne schüttelte sich leicht und holte schnell seine Begrüßung nach. »Du ..., du ... kennst sie nicht Vater«, stotterte er. »Ich habe schon seit einiger Zeit ein Auge auf sie geworfen und nun endlich scheint es, als könnte ich sie vielleicht für mich gewinnen. Sie hat den Mann, mit dem sie viele Jahre zusammen war, verlassen.«

Freundschaftlich schlug sein Vater ihm auf die Schulter.

»Du bist alt genug, Wayne. Du musst wissen, was du tust. Du bist wohl sehr verliebt in sie?«

Plötzlich bekam sein Gesicht ernste Züge.

»Aber vielleicht bist du einfach nur blind«, stellte sein Vater rigoros fest. »Was ist, wenn sie sich dafür entscheidet, zu diesem Mann zurückzukehren? Warum sollte sie ihm keine zweite Chance geben?«

Wayne musterte seinen Vater und runzelte skeptisch die Stirn.

»Hat dieser Mann sie so schwer verletzt, dass sie ihn tatsächlich für immer verlässt? Wer kann einen Menschen mehr verletzen, als es deine Mutter mir antat? Was hat dieser Mann ihr denn angetan?«, bohrte Waynes Vater, um ihm sein Interesse zu zeigen.

»Er hat sie jahrelang nur ausgenutzt! Letztendlich kam sie auch noch dahinter, dass er sie mit anderen Mädchen still und heimlich betrog«, erklärte Wayne und erwartete eine bestätigende Meinung von seinem Vater.

Aber der warnte: »Nicht jeder Mann denkt so wie du. Erinnere dich! Wie viele Frauen haben dich auch schon ausgenutzt? Du bist - weiß Gott - für jedes weibliche Geschöpf eine gute Partie!«

»Aber Vater, wie viele Frauen hat es in meinem Leben denn gegeben? Ich bin Mitte Dreißig und meine Liebschaften kannst du an einer Hand abzählen. Aber diese Frau ist anders, als die anderen. Ich spüre, sie ist etwas Besonderes und sie ist die richtige für mich. Ja, und ich habe einen Trumpf. Sie weiß nicht so viel über mich, wie die anderen vor ihr. Ich will eine Frau, die mich liebt, ganz gleich wer ich auch bin.«

»Zu verheimlichen, wer du wirklich bist, dass wird in deiner Position sehr schwierig werden. Aber wie gesagt, du bist alt genug, Wayne.«

Kopfschüttelnd grinste der Vater in sich hinein und sein Blick fiel auf seine wertvolle Armbanduhr.

»Nun mal was ganz anderes, wie weit bist du mit deinem Auftrag eigentlich? Ein wenig Zeit bleibt uns noch, aber die Uhr tickt! Wir müssen diesen Fall noch irgendwie lösen, sonst geht es uns mächtig an den Kragen.«

Wayne winkte ab und nervös strich er die Falten, die sich auf seiner Stirn bildeten, wieder glatt.

»So schnell geht das nicht, Vater. Aber ich bin natürlich an der Sache dran«, sagte er beruhigen wollend und holte sein Diktiergerät aus der Jackentasche.

»Nun gut, Wayne. Ich habe noch einen wichtigen Termin bei Doktor Steward und wenn du mir nicht verraten willst, wer deine geheimnisvolle Schöne ist, dann, nehme ich stark an, dürfen wir dieses Vater - Sohn Gespräch wohl beenden?«

Montagmorgen stand Joyce auf. Zerknittert war ihr Antlitz und ebenso sah es in ihrer Seele aus.
Nebel zogen durch das Tal, dass man die Hand vor Augen nicht sehen konnte. Sie verschluckten die schöne Umgebung und versperrten den Blick auf den so weiten Himmel.
Der dichte Wald zog sich an seiner Flanke empor und auch dort drang das zarte Tageslicht nur mühevoll durch die Kronen der Bäume. Joyce hatte noch viel zu tun.
Sie wollte ja weg, weg von hier, weit weg in die Sonne fliegen und irgendwie würde sie es schaffen auf andere Gedanken zu kommen.
Joyce verschloss das Haus und den Holzschuppen und sie hoffte inständig, dass während ihrer Abwesenheit niemand Fremdes auf den Gedanken kommen würde, sich hier näher umzuschauen. Jetzt riss der Nebel auf und einige Sonnenstrahlen fanden den Weg in das düstere Tal.
Joyce ging mit der kleinen Reisetasche in Richtung Bushaltestelle und mit einem letzten sehnsüchtigen Blick verabschiedete sie sich von ihrem Holzhaus.
Sonntag bin ich wieder da, jetzt erst mal ab in den Süden, sagte sie laut, obgleich sie wusste, dass ihr niemand zuhören würde.

Wayne betrat das kleine Hotel und sein Weg führte ihn zur Rezeption, wo ihn eine hübsche junge Frau mit den Worten:
   »Guten Tag mein Herr, möchten Sie wissen welches Zimmer Sie haben?«, empfing.
Waynes zwar kurzes, doch leicht gewelltes dunkles

Haar und der immer fröhliche Blick seiner strahlenden blauen Augen ließen ihn ein wenig jünger ausschauen, als er in Wirklichkeit war.

Die blutjunge Angestellte schaute ihn mit blitzenden Augen an, denn ihr entging Waynes Musterung nicht und auch sie war fasziniert von diesem attraktiven Mann, der vor ihr stand. Doch Waynes Frage enttäuschte sie und ließ das Lächeln aus ihren Augen verschwinden: »Ich suche Miss Angel!«

Mit etwas Enttäuschung in der Stimme gab sie ihm seine und die Zimmernummer der Dame, nach der er suchte.

Sekundenlang klebte ihr verträumter Blick an Wayne bis die Fahrstuhltür sich schloss und sie der nächste Ankömmling aus ihren Gedanken holte.

Jetzt klopfte Wayne vorsichtig gegen eine Hoteltür.

Nichts regte sich.

Etwas energischer startete er einen neuen Versuch.

»I komm schonn, i komm ja schonn«, rief eine weibliche Stimme.

Gleich darauf ging die Tür auf und Wayne stand einer jungen Frau, die ein Handtuch um den Kopf gewickelt hatte, gegenüber. Ein Bademantel verhüllte ihren wohl darunter nackten Körper und aus ihrem Gesicht starrten zwei dunkle Augen.

»Was ... wer sins Sie dann? I hab´ jemand anderen ...«

Doch die roten Lippen wurden bewegungslos und formten sich zu einem verschmitzten Lächeln.

Wayne hatte nicht erwartet, in zwei braune Augen zu blicken, obgleich diese weibliche Gestalt, der sie gehörten, in jedem männlichen Betrachter ein Entzücken hervorrufen würde. Aber diese zarte, ja wunderhübsche junge Frau vor ihm war nicht Joyce. Wayne senkte den Blick und flüsterte entschuldigend:

»Tut mir sehr Leid. Ich bin hier wohl völlig an der verkehrten Adresse.«

Gleich darauf suchte er wieder die braunen Augen der jungen Frau vor ihm und er bemühte sich inständig, nicht auf deren Aufmachung zu starren.

»Wen suchen´s denn?«, kam aus den Lippen, die damit ihre Starre beendeten.

»Ähm, ich suche eine Miss Joyce Angel«, brachte Wayne stockend hervor.

»Schad´ i bin net Joyce, aber i heiß au Engel. Da müssen`s woanders suchen! Vielleicht schaun`s mal an Strand. I hab´ schonn g´hört, hier heißen einige Madeln Angel«, meinte die Schöne.

»Danke, ich werde es dort versuchen«, bedankte sich Wayne höflich und sogleich fegte ein leichter Wind durch das offene Hotelzimmer und drückte die Tür ins Schloss.

Waynes Zimmer hatte Meeresblick und es entsprach genau seinen Vorstellungen und Wünschen, die er bei seiner Buchung, vorgestern am Montag, telefonisch geäußert hatte.

Sommerlich gekleidet begann er dann zuerst die Strandterrasse abzusuchen und obgleich er dachte, die Sonne hätte seine Augen geblendet, wurde er schnell fündig.

Joyce hatte die Augen geschlossen und bemerkte sein Kommen nicht. Wayne blieb vor dem Liegestuhl stehen und betrachtete sie versonnen. In aller Ruhe studierte er ihre Gesichtszüge, zeichnete mit dem Blick die zarten Konturen ihres Mundes, die langen Schatten ihrer dunklen Wimpern nach.

Ja, sie ist es!, stellte Wayne fest.

Obgleich er sie noch niemals zuvor mit geöffnetem Haar und schon gar nicht mit diesem Farbton darin gesehen hatte, ganz zu schweigen von ihrer leichten Bekleidung, die ihm endlich seine Vermutungen, wie sie wohl unter ihren Hosenanzügen aussehen würde, bestätigte, erkannte er sie sicher.

Er hätte noch stundenlang diesen Anblick genießen können, doch er musste sich zusammennehmen. Denn er war nicht allein mit ihr und seine forschenden Blicke würden den anderen Urlaubern sicher irgendwann auffallen.

»Guten Tag, Miss Angel!«

Waynes Stimme klang fest und seine unbewegte Miene verriet nichts von dem Gefühlsaufruhr, den sie in ihm auslöste. Gewiss, er war auf diese Begegnung vorbereitet gewesen, denn nur deswegen war er hierher gekommen, aber als sie ihn nun erschrocken ansah, war es um seine Fassung geschehen.

Seine Gesichtshaut färbte sich puterrot und nur mit Mühe rang er sich ein erstaunt aussehendes Lächeln ab.

Joyce war wie gelähmt. Sie lächelte verkrampft und während ihre blauen Augen Wayne von oben bis unten musterten, stotterte sie verwirrt: »Mister ..., Mister Stone! Was für eine Überraschung.«

»Das können Sie laut sagen!«, fuhr Wayne fort und versuchte seine eigentlichen Gefühle zu verbergen, vor allem wollte er nicht erkennen lassen, dass diese Begegnung kein Zufall war!

Joyce wusste gar nicht, wie sie sich jetzt verhalten sollte. Sie lag mit ihrem Bikini vor ihm, wie auf einem Präsentierteller. Das war ihr doch nicht egal.

Unwillkürlich schlang sie ihr Handtuch um ihre Beine. Um ihren Oberkörper verhüllen zu können, hätte sie sich aus dem Liegestuhl erheben müssen, denn sie saß auf dem Badetuch. Doch irgendwie gehorchten ihre Glieder nicht.

Warum war es ihr peinlich, dass Wayne sie so sah? Sie war von seinem plötzlichen Auftauchen zwar überrascht worden, aber irgendwo, tief in ihrem Inneren regte sich Freude und Erwartung. Wegen ihres Aussehens brauchte sie sich doch nicht schämen, das wusste sie. Ihre Haut war zwar nicht so dunkel gebräunt, wie die der anderen Gäste, die sich schon länger in der Sonne geaalt hatten. Doch die leichte Tönung ihrer Haut verwandelte ihre samtweiche Hülle in einen unbeschreiblich schönen Anblick, dem Wayne verfiel.

Seine Augen klebten an ihrem Körper, der so vollkommen und makellos war. Joyce suchte nach Worten und ihre Hände tasteten nach der Sonnenbrille, mit der sie wenigstens ihre Augen verdecken wollte. Wayne sollte darin nicht lesen können, dass sie sich freute. Sie war selbst von ihren Gefühlen völlig verwirrt und wusste nicht recht, was sie sagen, was sie tun sollte. Er sollte sie nur nicht für oberflächlich halten und schon gar nicht denken, dass sie für ihn schnell zu haben war.

»Was ..., was machen Sie denn hier, Mister Stone?«, stotterte Joyce wieder und wandte den Blick von Wayne ab.

Nach einigen Augenaufschlägen reagierte Wayne endlich und überwand seine Begierde, Joyce in dieser leichten Aufmachung zu begutachten.

»Ich hatte ja keine Ahnung ...«, begann er und warf einen verträumten Blick auf das weite Meer.

»Keine Ahnung«, wiederholte er leise, denn damit wollte er seine Verwunderung über die `zufällige` Begegnung unterstreichen.

»Wie meinen Sie das?«, fragte Joyce vorsichtig und hielt die Arme verschränkt vor der Brust.

Wieder gab es eine Pause und noch immer stand Wayne sprachlos neben Joyce und blickte in die Ferne.

Welch` eine Ironie des Schicksals, dachte Joyce. Hatte sie nicht ständig gehofft, ihm irgendwo zufällig in der Stadt zu begegnen, mal ganz privat, ohne Dienstkleidung und ohne an Arbeit denken zu müssen? Aber so, nur im Bikini und weit weg von der Stadt, das musste Joyce erst verdauen. Sie richtete den Blick in die Ferne.

»Ist das ein herrlicher Ort«, stellte Wayne fest und hockte sich neben Joyce.

»Ja«, gab ihm Joyce Recht und überlegte wie sie fortfahren sollte. Sie suchte verzweifelt nach einem Gesprächsstoff, um das quälende Schweigen zwischen sich und Wayne zu überbrücken. Noch immer hatte er ihre Frage nicht beantwortet. Warum war er hier? Er hatte nichts erwähnt, dass auch er einen Urlaub nötig hätte. Hatte er etwa …?

War diese Begegnung kein Zufall? Aber wie sollte er wissen ...?

Joyce wandte den Kopf leicht nach links und aus den Augenwinkeln heraus betrachtete sie verstohlen Waynes gut gebräunte, leicht behaarte, feste Waden.

Schon bei ihrer ersten Begegnung, als sie beide auf der Wiese saßen, zeichneten sich seine festen Muskeln durch den Wollstoff seiner Hose ab. Doch jetzt sah sie, was sie darunter nur vermutet hatte und ein eigenartiges Kribbeln durchzog ihren Körper.

Hin- und hergerissen von den sie durchströmenden Gedanken schien Joyce letztendlich vor Neugierde zu platzen.Wayne machte eigentlich mit seinem plötzlichen Auftauchen ihr Vorhaben völlig zunichte, hier allein, in völliger Fremde und mit Hilfe der wärmenden Sonnenstrahlen, den angestauten Frust über Liltons Verrat abzubauen. Sie wollte doch ihre Ruhe haben und über ihre Zukunft nachdenken.

Um hier nicht aufzufallen und allein zu bleiben, hatte sie sogar ihre blonden leuchtenden Haare brünett gefärbt, was aber gar nicht abschreckend wirkte. Im Gegenteil! Ihre braune lockige Mähne und ihre hellen Augen bildeten einen interessanten Kontrast, der genügend Blicke anzog. Warum nur ärgerte sie sich nicht über Waynes Erscheinen? Warum wies sie ihn nicht ab? Warum spürte sie sogar Freude ...? Sie wollte sich gegen diese Gefühle und besonders dagegen wehren, dass sie Waynes Anwesenheit genoss, aber es gelang ihr nicht. Plötzlich beendete eine fremde Stimme das Schweigen und Joyce` Grübeleien. Neben Wayne stand eine ebenfalls nur sehr leicht bekleidete tiefgebräunte junge Frau, in den Händen hielt diese einen Notizblock.

»Möchten die Herrschaften etwas bestellen?«
Wayne sah zu ihr auf und schüttelte leicht benommen mit dem Kopf. Dann blickte er Joyce fragend an.

»Möchten Sie etwas, Miss Angel?« Joyce winkte ab.

»Nein danke, ich brauche jetzt mehr, als eine kleine Erfrischung«, meinte sie und blickte zu den ruhigen Wellen des Meeres, in denen sich die Sonnenstrahlen reflektierten. War es wirklich ein Zufall, das Wayne sie hier traf ...?
Die Frage beschäftigte sie und da sie ihm als ihren Vorgesetzten mit Respekt begegnen wollte, bohrte sie nicht weiter und erhob sich einfach aus ihrem Liegestuhl.
Als Joyce nun auf Wayne von oben herabschaute, der ja noch immer hockend neben ihren Liegestuhl verweilte und bewundernd zu ihr aufblickte, rutschten ihre dunklen Locken von ihren Schultern und schienen ihr hübsches Gesicht zu streicheln. Ungewollt öffnete Wayne den Mund, womit er unverkennbar sein Erstaunen und die Faszination dieses Anblickes offenbarte.

Joyce nahm die Sonnenbrille wieder von der Nase und sah in Waynes Augen.

Sie hatte wegen ihrer sie verwirrenden Gefühle vorher jeden direkten Blickkontakt vermieden. In Waynes Augen las sie nur Bewunderung und seine stille Zuneigung zu ihr. Das hob ihr Selbstbewusstsein enorm und sie fragte ihn:

»Kommen Sie mit ins Wasser? Ich brauche eine Abkühlung!« Wie in Zeitlupe erhob sich Wayne.

»Die brauch` ich jetzt viel dringender«, hauchte er leise.

Joyce warf ihm darauf ein verschmitztes Lächeln zu und schüttelte kräftig ihre Haarpracht.

»Ja ... ja etwas abkühlen«, stotterte Wayne, als ihm das eben Gesagte bewusst wurde. Schnell wollte er seiner Aussage etwas hinzufügen und meinte laut, sich dabei an die Stirn greifend:

»Die Hitze ist ja fast unerträglich.« Beschämt musste er sich eingestehen, dass Joyce sicherlich genau verstand, weshalb er das kühle Nass so dringend brauchte.

Ohne weitere Worte zu verlieren, trabte Joyce in Richtung blaues Meer. Unter ihren nackten Füßen rutschte der heiße Sand und hinterließ ihre Spuren. Nun musste Wayne handeln.

Er warf eiligst seine Schuhe vor den Liegestuhl und folgte Joyce. Schnell lief er hinter ihr her und spürte ein unbekanntes doch wunderbares Gefühl von Freiheit.

Joyce ließ zuerst das kühle Wasser auf ihren jungen Körper spritzen und tauchte dann kurzerhand in die Fluten.

Wayne sah Joyce, wie sie aus dem Wasser emporschoss und er spürte die Erfrischung, die sie erlebte, schon wie am eigenen Leib.

Doch schlagartig verebbte das Gefühl der Unbeschwertheit, denn ihm wurde bewusst - er konnte Joyce nicht folgen. Wie dumm er doch war! Seine Badehose war noch im Koffer.

»Was ist, Mister Stone? Wo bleiben Sie?«, rief Joyce, als sie sein Zögern bemerkte.

»Ich kann leider nicht«, gab er kopfschüttelnd zurück und zupfte an seiner Bermudashorts.

»Meine … na ja … Hose«, stotterte er.

»Wieso? Sie haben doch was an, Mister Stone. Hier kennt Sie keiner«, rief Joyce und zuckte mit der Schulter. Sie wartete darauf, ob er dieser Herausforderung gewachsen sei.

Wayne drehte sich langsam auf den Sohlen herum und überprüfte mit seinen scharfen Blicken den Strand. Sofort streifte er sich das Poloshirt vom Leib und er rannte, nur mit seinen Shorts bekleidet in die leichten Wellen des Meeres auf Joyce zu.

»Ist das herrlich!«, stieß er aus. Er tauchte ab und als er sich dann die salzigen Lippen ableckte hauchte er:

»Ich fühle mich wie neugeboren. Ich glaube, es ist über zehn Jahre her, dass ich das zuletzt erlebte.«

Joyce schüttelte den Kopf.

»Ist das ihr Ernst?«

Wayne tat als rechnete er nach und nickte dann bejahend.

Joyce schwamm näher an ihn heran.

»Das kann ich gar nicht glauben. Sicherlich könnten Sie sich solch einen Urlaub jedes Jahr leisten«, stellte sie fest.

»Leisten schon, aber …«, hielt er inne.

»Aber …?«, wiederholte Joyce und lächelte ihn schelmisch an.

»Nun ja, Miss Angel. Nun gut, Sie haben mich durchschaut. Als Sie sich nach Urlaub sehnten, überkam

mich plötzlich der gleiche Gedanke«, gab er endlich zu.
»Und Sie haben ganz zufällig den gleichen Ort und das gleiche Hotel wie ich gebucht?«, fragte Joyce mutig.
Wayne rollte mit den Augen und zog die Brauen hoch.

»Wenn man will, Miss Angel, erreicht man auch viel«, sprach er in Rätseln. »Aber nun zu Ihnen.« Seine Stimme wurde ernst.

»Haben Sie schon ein wenig von ihrem Kummer im Meer versenken können?« Joyce sah ihn nachdenklich an und sagte: »Nur so viel, wie die Schokostreusel auf einer Torte ...«
Sie lächelte plötzlich wieder und sprach weiter:

»Aber immerhin, ich bin doch erst den dritten Tag hier im Sonnenparadies ...«

»Wollen wir an die Bar und uns einen Drink genehmigen? Ich glaub´, das habe ich auch schon sehr lange nicht mehr getan«, sagte Wayne, vom Thema ablenken wollend.

»Wenn Sie meinen, Mister Stone. Schließlich mache ich, machen wir, ja Urlaub und die Drinks mit ihren lustigen bunten Schirmchen sehen echt verführerisch aus.«
Nicht nur die, dachte Wayne heimlich.

Nach dem zweiten Drink stützte Joyce plötzlich ihren Kopf in ihre Hand und schluchzte leise vor sich hin. Ihr Haar fiel ihr ins Gesicht und verdeckte den schönen Anblick.
Die Erinnerung hatte sie wieder eingeholt und sie dachte an Lilton, den sie doch vergessen wollte. Sie dachte an die ersten noch schönen Jahre mit ihm - warum nur war das alles vorbei, warum nur hatte er sie so schändlich hintergangen?
Wayne hatte Verständnis für ihren plötzlichen Sinnes-

wandel. Das, was sie erlebt hatte, war ja noch nicht lange her und von ihr ganz sicher noch nicht verarbeitet worden. Aber die Zeit würde ihren Kummer heilen, da war er sich sicher. Und er würde ihr helfen, wieder ein froher Mensch zu werden, das hatte er sich vorgenommen. Er versuchte, sie zu beruhigen:

»Ganz ruhig, Miss Angel. Bitte nicht weinen! Hier ist nicht der Ort für Tränen«, hauchte Wayne ihr zu und mit seiner Hand enthüllte er ihr Antlitz, indem er die dunklen Locken zurück auf ihre Schulter legte.

Joyce` Mundwinkel bogen sich abwärts.

»Ich war wie ein Hündchen, das seinem Herren folgsam gehorchte. Für jede Zuwendung war ich dankbar«, schluchzte sie.

»Widerstandslos gab ich mich seinen Launen hin und konnte ... und wollte mich gegen seine unehrlichen Gefühle nicht wehren.«

Jetzt sind die Schleusen geöffnet, dachte Wayne und er verstand genau den Sinn ihrer Worte.

»Alles wird gut, Miss Angel, glauben Sie mir!«

Nun sah sie ihn sekundenlang schweigend an, als wollte sie seine innersten Gedanken erkunden.

Wayne sah die Gänsehaut, die sich über ihren Körper legte.

»Ich muss mich umziehen, Mister Stone. Ich muss auf mein Zimmer«, sagte sie und versuchte ihm ein Lächeln zu schenken.

»Ja, mir ist jetzt auch kalt in den nassen Sachen. Haben wir vielleicht den selben Weg?«, fragte er hoffend.

»Zimmer 201«, antwortete Joyce.

»Oh, ich habe Zimmer 108, das liegt wohl am anderen Ende. Doch kein Problem, ich bringe Sie«, bot er ihr an und reichte Joyce hilfreich die Hand.

Joyce kletterte vom Barhocker und rückte ihr Badetuch um ihren Körper zurecht.

Minuten später klingelte der Fahrstuhl und das Geräusch erinnerte beide an das Klingen des selbigen im Firmengebäude.

»Soll ich Sie bis zur Tür ...?«, fragte Wayne zaghaft.

Joyce nickte und vorsichtig suchte sie Waynes Hand.

Als er die Berührung wahrnahm umschlang seine Hand die ihrige und er erwiderte den starken Druck, den Joyce ihm gab.

Beide hielten einander fest und ein brennendes Verlangen stieg in ihnen auf. Und da Joyce einen kurzen Moment die Augen schloss und ihm damit zeigte, dass auch sie den Augenblick genoss, wagte er diesen kleinen Schritt - seine Lippen streiften zärtlich ihre Wange.

Dann lächelte er sie an und fragte leise:

»Sehen wir uns morgen zum Frühstück, um acht Uhr?«

Joyce presste die Lippen aufeinander. Ihre Wangen waren nicht von Waynes Berührung so gerötet! Sie bejahte diese Frage mit einem stummen Nicken, zu mehr war sie nicht in der Lage. Langsam ließen sie einander los und Wayne trat einen Schritt zurück in den Fahrstuhl. Beiden sahen sich tief in die Augen und es war Sehnsucht darin, dass konnten sie beide erkennen.

Der Klingelton des Fahrstuhls ertönte und als sich die Tür schloss, endete der intensive Blickkontakt zwischen Wayne und Joyce ...

Der nächste Tag sollte für Joyce etwas ganz Besonderes werden, das nahm sich Wayne vor, bevor er irgendwann in der Nacht dann endlich doch noch in den Schlaf fiel.

Gleich nach dem Frühstück, zu dem sie sich pünktlich trafen und das sie gemeinsam genossen, nahm Joyce Waynes verführerischen Vorschlag gerne an. Er wollte diesen Tag mit ihr verbringen und so viel wie möglich von diesem Lande sehen. Wayne mietete einen Wagen und ohne zu wissen, was sie beide erwarten würde, fuhren sie los, um die schöne Gegend zu erkunden. Wayne gab aber nur vor, dass er genauso ahnungslos sei, wie Joyce, bezüglich der Ziele, die dieser Ausflug haben würde.

Das war Waynes kleine Notlüge, denn er wollte auf keinen Fall, dass irgendetwas diesen Tag verpatzen könnte.

Alles, was es an Sehenswürdigkeiten zu bestaunen gäbe, hatte er von der reizenden Hotelangestellten erfahren, es war dieselbe, die ihm gestern den Schüssel zu seinem Zimmer ausgehändigt hatte. Sie war wieder sehr freundlich gewesen und hatte sich bei ihm sogar erkundigt, ob er seine Bekannte namens Miss Angel, nach der er sie gefragt hatte, finden konnte.

Joyce genoss es, an Waynes Seite, ein Stück dieses wirklich märchenhaften Landes bestaunen zu können. Beide waren fasziniert von allem, was sie umgab. Die Wärme, die fremden Düfte, die noch niemals erlebten Augenblicke - alles ließ Joyce ihren schlimmen Kummer einfach vergessen. Zuweilen lachte sie hell auf und begeistert von einigen Eindrücken, die tief auf sie wirkten, vergaß sie zeitweise sogar, wer sie war.

Und wie ein Kind, das sich sehr freute und sein Glück so zum Ausdruck bringen wollte, umarmte Joyce Wayne sogar einmal ganz ohne Zwang und Hintergedanken. Irgendwie fühlte sie sich wie neugeboren. Niemals zuvor hatte sie einen solchen Urlaub genossen.

Denn noch nie war sie zum Ausspannen in den Süden gereist. Wayne freute sich mit Joyce, denn auch er lebte jahrelang nur wie eingepfercht in den Gemäuern der Stadt, in der er eisern seiner Arbeit nachging. Der frühe Tod seiner Mutter und die Umstände, die dazu geführt hatten, hatte sich wie schwerer Ballast auf ihn und seinen Vater gelegt.

Beide hatten völlig vergessen zu leben!

Mit Joyce an der Seite fühlte er sich frei, und gern hätte er seinem kranken Vater ein Stück dieses Glücks geben wollen. Sein Vater wusste nicht einmal mehr, was Freude bringen konnte, aber Wayne hoffte, dass auch er bald erfahren würde, was sich hinter diesem Wort verbarg.

Die Stunden vergingen wie im Flug und schon neigte sich der Tag seinem Ende zu. Es war bereits nach zehn Uhr und auch in diesem sonnenbegnadeten Land wurde es irgendwann dunkel.

Mit einem leicht traurigen Ausdruck im Gesicht entstieg Joyce dem Mietwagen, und sie streichelte noch einmal über die Wagentür, als wolle sie sich verabschieden.

Wayne sah Joyce` Blick und schnappte sie bei der Hand.

»Seien Sie nicht traurig. Auch mir hat der Tag gut gefallen. Aber er ist noch nicht ganz zu Ende«, sagte er fröhlich und zeigte mit der Hand in Richtung Strand.

Joyce` Blick folgte seinem ausgestreckten Arm und gerade wollte sie es sich noch überlegen, ob sie sich mit ihm bei Nacht in die Wellen des Meeres getrauen sollte, denn das hatte sie mit seiner Geste vermutet gehabt, da hörte sie Musik, die aus dieser Richtung kam.

Fragend sah sie ihn an. »Eine Strandparty?«, fragte sie leise.

»Wenn Sie es so nennen wollen«, antwortete Wayne

und bot ihr seinen Arm zum Einhaken an.

»Wollen wir?«, fragte er keck.

»Hiermit lade ich Sie ein. Natürlich nur, wenn Sie nicht zu müde sind. Das wäre doch ein schöner Abschluss für diesen Tag heute, oder?«

Joyce nickte, sie war einverstanden. Natürlich war sie schon etwas müde, aber wann würde sie jemals wieder solch ein Angebot wahrnehmen können?

Diese Beach-Party, welche die Gesellschafter des Hotels nur einmal im Jahr, zum Ende der Saison veranstalteten, war ein wunderbares Erlebnis. Unzählige Lichter brannten und auch das Licht vieler Kerzen brachte eine besinnliche Stimmung.

Der Himmel hing voller Sterne und die Musik, die aus den Boxen kam, war nur etwas für ruhige Stunden.

Die Party hatte gerade erst begonnen und langsam schlenderten immer mehr Gäste herbei. Auf der Tanzfläche befand sich ein Pärchen und es tanzte engumschlungen. Jetzt öffnete der Barkeeper sein kleines Reich und das Geräusch seines Cocktail-mixers, den er emsig schüttelte, lockte einige Pärchen an, die sich auf die Barhocker niederließen.

Wayne konnte die Augen nicht von Joyce abwenden. Wann wird sie mir wohl ein Zeichen geben?, fragte er sich. Und wird sie überhaupt?

Joyce betrachtete den sternenreichen Himmel und ab und zu legten sich ihre Lider über die Augen. Sie sah aus, als würde sie träumen - aber wovon?

Wartete sie auf ein Zeichen von ihm?

Auch nachdem der erste Cocktail vor den beiden stand, brach keiner das Schweigen.

Joyce und Wayne saßen sich stumm gegenüber und sie lauschten der Musik. Für kurze Augenblicke, wenn sich ihre Blicke trafen, lächelten sie sich an. Gab es nichts mehr, über das sie miteinander reden wollten? Oder war es die besinnliche Stimmung die herrschte und ihnen das Sprechen verbot?

So verging eine knappe halbe Stunde und Wayne hielt es nicht mehr aus.

Er nahm seinen ganzen Mut zusammen, stand auf und reichte Joyce seine rechte Hand. Erstaunt sah sie ihn an. Wayne war innerlich voller Spannung und wusste nicht, was sie darauf erwidern würde. Denn von ihrer Antwort hing alles ab; würde sie sein Angebot annehmen, hätte er ihr Herz gewonnen! Wenn sie mit ihm auf die Tanzfläche gehen würde, auf der man sich zu den Klängen »verliebter« Musik bewegen musste, hätte sich seine Hoffnung erfüllt.

Sein Blick war eindeutig und sie musste einfach verstehen, was er nun von ihr wollte, doch er fragte zusätzlich und ganz höflich:

»Wollen wir auch?« Aber Joyce antwortete nicht und sah ihn mit einem Blick an, der ihm eine Gänsehaut bescherte. Es war, als hätte Joyce nur darauf gewartet. Sie erhob sich, reichte ihm die Hand und nickte.

Wayne zog sie sanft mit sich fort und als beide neben dem einen tanzenden Paar standen, schlang er seine Arme vorsichtig um Joyce. Einen kleinen Abstand zwischen ihren Körpern hielt Wayne ein, doch Joyce sah das flehende Bitten in seinen Augen und wie ein Magnet schmiegte sie sich dichter an ihn.

Engumschlungen bewegten sie sich nach dem langsamen Rhythmus der Musik und sie spürten beide, wie sie sich zueinander hingezogen fühlten.

Sie sprachen kein einziges Wort, sie schmiegten sich nur immer enger aneinander. Zuerst berührten Waynes Lippen ihren Nacken und sie konnte seinen heißen Atem spüren. Dann berührte sein Mund den ihrigen und sie küssten sich zum ersten Mal.

Joyce hatte so etwas niemals zuvor erlebt und obgleich sie sich vor solch einem Moment immer geängstigt hatte, stellte sie nun fest, dass ihre Bedenken unbegründet waren. Lilton war zwar ihr einziger Mann gewesen, aber er war nicht der einzige Mann auf der Welt!

Und als auch der letzte Stern am Himmel sichtbar wurde, gingen Wayne und Joyce, immer noch engumschlungen ins Hotel ...

Die Tür mit der Zimmernummer 108 fiel ins Schloss und Wayne glaubte, er hätte den Raum der Glückseeligkeit, der ihm die Erfüllung seiner langen sehnsüchtigen Träume brachte, betreten. Viele Jahre träumte er von diesem Moment und diesmal war es kein Traum. Er hatte etwas Reales in der Hand, er hielt Joyce immer noch fest. Es war, als öffneten sich seine Augen, obgleich er sie nicht verschlossen hatte.

Der Anblick, der sich ihm bot, brachte sein Blut in Wallung.

Atemlos stand Joyce da und ließ sich von ihm entkleiden, selbst verwundert darüber, dass sie weder Scham noch Hemmungen zeigte. Sie war willig und sie war bereit, sich ihm hinzugeben. Für einen kurzen Moment erschien Lilton vor ihrem geistigen Auge und um dieses Bild schnell zu verwerfen, schüttelte sie ihren Kopf, wobei ihr langes Haar sanft ihren Rücken streichelte.

Sie war eine Frau mit Sehnsüchten und in ihr tobte das Verlangen nach zärtlichen Liebkosungen, die Lilton ihr manchmal gegeben hatte, jedoch nie hatte er vermocht, ihre Sehnsüchte völlig zu stillen.

Es war ihr selbst nie bewusst, dass sie mehr wollte, als

sie von Lilton bekam. Nun stand sie vor einer neuen Herausforderung und sie fühlte sich bereit, diese anzunehmen.

Sachte streichelte Wayne ihr den Rücken. Joyce legte den Kopf in den Nacken und schloss die Augen. Seine Hände tasteten sich an ihrem Rückgrat hinauf und wurden dabei zärtlich von ihrem lockigen langen Haar gestreichelt.

Sanft massierte Wayne ihre Schulter, bis er dann mit den Fingerspitzen über ihre Wangen glitt und sie damit zwang ihn anzusehen.

Wie durch einen Schleier sah sie ihn an. Verträumt, mit hingebungsvollem Ausdruck in ihrem Blick flüsterte sie:

»Mach` weiter, es ist so wunderschön!«

Wieder legten sich ihre Lider über die Augen.

»Ich glaube es fast gar nicht ...«, hauchte Wayne.

»Und doch ist es wahr«, sprach Joyce weiter.

»Davon habe ich so oft geträu ...«

»Du auch?«, unterbrach er sie.

»Auch du hast von uns ...?«, wiederholte er und packte sie nun fest an den Schultern.

Sie sah ihn nun deutlich vor sich und blickte ihn fragend an.

»Du hast ...?«, fragte er nochmals, als ob er es nicht glauben konnte. Und als Joyce daraufhin nickte, berührten sich ihre Lippen und endeten in einem innigen leidenschaftlichen Kuss.

War auch das anfängliche Herantasten beider von Zaghaftigkeit erfüllt, folgte jetzt jedoch, da sie beide ihre Begierden zueinander gestanden hatten, eine rasendschnelle Verwandlung in ihnen. Und sie wollten nur eins, sich ihren langersehnten Gefühlen hingeben ...

Nur mit Laken bedeckt lagen beide, ihre Körper fest aneinandergeschmiegt, im großen Doppelbett.

»Joyce!«, hauchte Wayne. »Verzeih´ mir bitte!«
Joyce blinzelte ihn an.

»Verzeihen, was?«
Tief holte er Luft.

»Aber die Sehnsucht nach dir, nach allem von dir ...«, faselte er.

»Was hast du, Wayne?«, wollte sie endlich wissen.
Er beugte sich über sie und küsste ihre Nasenspitze.
Leise wisperte er: »Du weißt schon ... das eben war Leidenschaft pur, aber du hast mehr verdient. Ich wollte dir so viel mehr geben ....!«
Fragend starrte Joyce ihn an, doch sie blieb stumm.
Doch als die Nacht endete und das Morgenrot durch das Fenster funkelte, wusste sie, was Wayne gemeint hatte.
Denn das, was er ihr gab, hatte sie zuvor noch nie erlebt.
Zum ersten Mal war es mehr als ... sie konnte es nicht beschreiben, und völlig friedvoll schlummerte Joyce endlich ein.
Sie glaubte alles Geschehene nur im Traum erlebt zu haben.

Das Rauschen der Dusche weckte sie. Wayne war im Bad und sie vermisste seinen muskulösen Körper neben sich. Sie kannte das Gefühl, allein im Bett liegen zu müssen.
Während der Woche hatte Lilton länger geschlafen und Joyce musste als erste aus dem Haus. Niemals hätte sie ihn geweckt. Und am Wochenende war Lilton schon früh auf den Beinen und vergnügte sich mit seiner Annabel, was er als ´Joggen´ bezeichnete.
Wayne lugte durch die geöffnete Badezimmertür, und als er sah, dass Joyce` Augen offen waren rief er ihr zu:

»Komm Schatz, es ist herrlich!«
Joyce wickelte sich das Laken um ihren nackten Körper
und noch etwas verschlafen wirkend, tippelte sie auf
Zehenspitzen in Richtung Bad.
»Beeil dich, ich will auch«, forderte sie leise.
Gähnend setzte sie sich auf den Hocker und wartete.
Wayne öffnete die gläserne Tür der Dusche und ein-
ladend krümmte sich sein Zeigefinger.
»Komm`, hier ist Platz für zwei!«
Wie Gott ihn geschaffen hatte stand Wayne in der Tür
der Dusche und hielt ihr die Hand hin. Joyce war
sprachlos. In der vergangenen Nacht hatte sie viel
Neues erlebt, was ihr bisher unbekannt war.
Sollte sie nur Stunden später immer noch dazulernen?
Zu zweit unter der Dusche; was für eine verlockende
Vorstellung!

Die beiden noch feuchten Körper zerwühlten das noch
ungemachte Bett und letztendlich kitzelten sie die wär-
menden Strahlen der schon seit Stunden aufgegangenen
Sonne, die durch das Fenster hineinschien.
Wayne sah Joyce an und er weckte sie mit einem Kuss
auf ihre Lippen.
Joyce blinzelte ihn an.
»Ich liebe dich«, waren ihre ersten Worte. »Doch ich
verhungere gleich«, ihre zweiten.
»Nur zu, bedien´ dich!«
Wayne hatte, während Joyce noch schlief, den Hotel-
service angerufen und einige Leckereien heraufbestellt.
Joyce genoss den frischen Kaffee, doch sie nahm sich
nur ein unbelegtes Brötchen. Wayne musterte Joyce
unverhohlen. Wie hübsch sie war, so ganz natürlich und
verschlafen saß sie ihm gegenüber.
Wayne fragte sich insgeheim: Habe ich in ihr die Frau

gefunden, nach der ich so lange suchte?

Joyce nutzte den Moment intimer Vertrautheit und tastete sich mit vorsichtigen Fragen an Waynes Privatleben heran. Bisher hatte er es erfolgreich vor ihr geheim gehalten.

Doch nun begann er zögernd zu erzählen:

»Meine Eltern lebten nicht harmonisch miteinander. Sie trennten sich, als ich gerade sieben Jahre alt war. Meine Mutter ließ mich immer glauben, dass mein Vater die eigentliche Schuld an der Trennung trug. Aber mit den Jahren kam ich dahinter, dass sie diejenige war, die dafür sorgte, Unruhe zu stiften. Sie nahm ihren Mädchennamen wieder an und da ich noch nicht alt genug war, um wählen zu dürfen, hieß ich eben auch Stone. Es war mir anfänglich nicht bewusst. Es störte mich auch nicht. Stone klingt kalt, soweit konnte ich aber denken. Genauso war meine Mutter aber auch. Ich habe nicht viel Liebe von ihr bekommen. Sie hat meinen Vater nur betrogen, vor und während der Ehe. Nie kriegte sie genug von anderen Männern. Ich kann mich nicht erinnern, dass sie mich jemals in den Arm genommen hat, um mich trösten zu wollen. Naja, letztendlich trieb sie dieses Leben, das sie führte, genauer gesagt, das Schweben von einer Bettkante zur anderen, in den Tod. Sie war nicht klug und gebildet, aber sie war, als sie meinen Vater kennenlernte, eine schöne Frau.

Als sie dann mit mir allein lebte, merkte sogar ich mit meinem Kinderverstand, dass sie sich zugrunde richtete. Sie sah verbraucht und abgemagert aus, lag oft im Bett oder auf dem Sofa herum und kümmerte sich weder um mich noch um den Haushalt. Später erfuhr ich, dass die Drogen, die sie nahm, sie so altern ließen. Meine Mutter war ungefähr so alt wie ich jetzt, als ich sie auf dem Boden liegend im Schlafzimmer fand. Ich hatte davor nur ein Poltern gehört. Als das geschah, war ich gerade zehn Jahre alt.

Sie hatte ihr Leben selbst beendet, mit einer Überdosis. Nie wollte ich es genau wissen, aber eins weiß ich - sie hat dabei nicht an mich gedacht. Sie hat mich einfach allein gelassen, es war ihr egal, ich war ihr wohl völlig gleich.«

Wayne machte eine Pause und Joyce sah ihn schockiert und teilnahmsvoll an.

»Das tut mir Leid, Wayne, das ist sehr, sehr schlimm.«

Wayne schenkte ihr ein Lächeln.

»Das muss es nicht. Ich habe es überwunden.«

Joyce streichelte ihm über die nachdenkliche Stirn. Zwischenzeitlich war sie von ihrem Platz aufgestanden und nun stand sie vor ihm. Wayne zog ihren Körper auf seinen Schoß und vergrub seinen Kopf an ihrer Brust.

»Ihr Herz war hart wie Stein«, betonte Wayne nochmals und schien sehr in seine Gedanken vertieft.

»Wie ging es dann mit dir weiter?«, wollte Joyce wissen und strich sanft über seine Schläfen.

»Nach ihrem Tod war mein Vater für mich da. Ich konnte ja nichts dafür. Alles was ich bin, habe ich ihm zu verdanken.«

Joyce lächelte und zwang ihn sie anzusehen.

»Das ist schön, solch einen Vater hat nicht jeder. Meiner war auch immer für mich da, bis ...«, hielt sie inne. Dann suchte sie nach Worten um ihn aufzumuntern.

»Wirf deinen Frust ab, Wayne, Schatz! Du hast doch jetzt scheinbar alles was du willst. Und nun hast du mich!«

Schnell hüpfte sie von seinem Schoß und stand vor ihm.

»Das Leben ist hart, aber es geht weiter. Als mein Vater ...«, begann sie. »Ja, ich kann nicht ganz glauben, dass er wirklich tot ist. Es brach für mich eine Welt zusammen.«

Sie konnte nicht weiterreden und hielt ihre Hand nachdenklich vor ihre Stirn. Wayne blickte sie ebenso nachdenklich an und ein eigenartiges Blitzen war in seinen Augen. Aber es verschwand so schnell, wie es gekommen war, und er erhob sich und schritt auf Joyce zu.

»Oh, mein lieber Wayne«, flüsterte sie und schmiegte ihren Leib an den seinen.

»Wayne Stone, so schlimm finde ich den Namen gar nicht«, stellte sie mit einem Mal fest und hoffte ihn durch diese Thematik, die sie ansprach, aus seinen nachdenklichen Gedanken zu holen.

»Nun ja, es hat auch Vorteile! Hätte ich den Namen meines Vaters, wüssten viele Leute auf Anhieb, wer ich in Wahrheit bin«, sprach Wayne in Rätseln und küsste Joyce` nackten Hals.

Wie benommen von seiner zärtlichen Liebkosung, flüsterte Joyce ganz unwillkürlich:

»Und wie wäre dein werter Name, trügest du den deines Vaters?«

Waynes Lippen suchten nach Joyce` Mund und als sie fündig wurden meinte er:

»Du hast ihn jeden Tag vor deinen Augen! Du kannst ihn nicht übersehen, außer - du wärest ein blinder Maulwurf.«

Joyce genoss den innigen Kuss, den er ihr darauf schenkte, doch ihre Augen blieben weit geöffnet, denn ihre Gedanken kreisten wie in einem Karussell.

»Coo ...«, stockte sie und ihre Stimmbänder waren wie vereist. Nur ihre Lippen bewegten sich und formten tonlos den Namen, den sie in diesem Moment nicht laut auszusprechen vermochte. Wie in Zeitlupe erzwang sie einen Abstand zwischen ihre beiden Körper, und stumm blickte sie Wayne aus weit aufgerissenen Augen an.

»Ja«, sagte er daraufhin, und er konnte Joyce` Überraschung verstehen, denn das hätte sie sicherlich nie geahnt.

Nur die engsten Mitarbeiter seines Vaters, zu denen selbstverständlich auch Wayne gehörte, wussten von dem Vater - und - Sohn - Verhältnis. Sie mussten allen anderen Angestellten gegenüber Stillschweigen bewahren. Wer sich nicht daran halten würde, müsste das Unternehmen verlassen.

Nicht einmal der Miller hatte gegen diese Regel verstoßen, dachte Wayne jetzt. Alle Achtung!

Wayne strich Joyce eine dunkle Haarsträhne aus dem Gesicht und blickte ihr in die großen Augen. In den folgenden Worten, die er sprach, mit denen er Joyce in sein Geheimnis einweihte, lag weder Arroganz noch begleiteten sie Überschwänglichkeit und Hochmut:

»Ja, liebe Joyce, mein Schatz! Ich bin der Sohn des alten Brendon Cooper, welcher der Chef des gewaltigen Unternehmens B. Cooper & Co ist. Und damit du es weißt, es ist mir völlig gleich, was ich bin; was du bist ... Ich habe mich in dich verliebt, nur das zählt ...«

Joyce erlebte die schönste Woche ihres Lebens. Obgleich sie die Wahrheit etwas schockierte, dass Wayne der Sohn des Unternehmers ist, für den sie arbeitete, genoss sie die nächsten Tage. Denn das, was sie mit Wayne erlebte, hätte sie sich nie erträumt. Wenn er ihr seine wahre Identität auch verschwiegen hatte, war er doch kein Lügner! Sie hatte ihn nicht gefragt und sollte er sich mit seiner Herkunft brüsten? Hätte sie vielleicht gewusst, wer er in Wirklichkeit war, wäre sie dann auch so weit gegangen? Sie wusste es nicht. Aber das war nun egal. Sie hatte sich verliebt.

Ja, sie hatte sich in ihn verliebt, das musste sie sich eingestehen. Jetzt war sie frei, frei von allen Zwängen und auch frei von Lilton, der sie nur schamlos ausgenutzt hatte ...

Wer war Wayne noch? Immer wieder glaubte sie, ihn schon von früher zu kennen.

Oder war er ihr schon seit frühster Jugend an nur in ihren Träumen erschienen?

Joyce kehrte ins Holzhaus zurück. Liebevoll hatte Wayne sich von ihr verabschiedet und sie genoss seine innige Umarmung. Sie war sich nicht ganz sicher, ob Wayne am nächsten Tag noch liebevoll zu ihr sein würde. Die Woche war vorbei, würde sie mit Wayne vielleicht Ähnliches wie mit Lilton erleben?

Bis morgen Schatz, das waren Waynes Worte und diese gaben ihr Kraft, an das Gute, an eine Zukunft mit Wayne zu glauben. Und sie glaubte an das Gute, bis zu dem Zeitpunkt an dem sie ihren überfüllten Briefkasten leerte ...

Am nächsten Morgen erwartete Wayne seine Joyce sehr ungeduldig. Als sie die Treppe hinaufschritt, eilte er ihr entgegen und er wollte kein Geheimnis daraus machen, dass er sie liebte. Er griff nach ihrer Hand, zog Joyce dicht an sich heran und küsste sie ganz ungezwungen. Joyce ließ es geschehen, jedoch erwiderte sie seine Umarmung nicht und ihre Arme hingen gefühllos an ihr herab.

»Guten Morgen, Schatz!«, raunte er ihr ins Ohr und konnte sich nicht recht zwingen, sie endlich wieder loszulassen.

»Wayne!«, herrschte sie ihn plötzlich an und erzwang einen Abstand zwischen ihre beiden Körper.

»Sollen die anderen sich denn die Mäuler über uns zerreißen?«

Wayne war schockiert über ihre Worte.

Skeptisch blickte er sie an. Was hatte er falsch gemacht? Er sah, dass es in ihren Augen schimmerte. War Joyce dem Weinen nahe? Warum nur?, fragte er sich. Was hatte sie so verändert? Ohne dieses eigenartige Verhalten zu erklären, drehte sich Joyce von ihm weg und lief los.

Verblüfft ließ er sie gehen. Wortlos verschwand sie im Fahrstuhl und dessen Klingeln war wie ein schmerzender Stich in Waynes so verliebtes Herz.

Es war eine heikle Situation und Wayne folgte Joyce ins Büro. Seine Knie zitterten, als er sich dem Schreibtisch näherte. Joyce stand am Fenster und blickte hinaus, bewegungslos, obgleich sie Waynes Anwesenheit vernahm.

»Joyce, Liebes!«, hauchte er in den Raum. Er trat an sie heran und sachte berührte er ihre Schulter. »Was ist passiert?«

Langsam wandte sie sich ihm zu und auf ihren geröteten Wangen waren die Rinnsäle vergossener Tränen zu erkennen. Joyce hatte die Augen geschlossen, ihre Lippen schmeckten die salzige Flüssigkeit ihrer Tränen und Wayne lief bei diesem Anblick ein eisiger Schauer über den Rücken.

Joyce schluchzte, und kaum hörbar flüsterte sie:

»Unsere Liebe hat keine Zukunft ... wir ...«, hielt sie inne und ihr Körper sackte zusammen.

Wayne fing sie auf, drückte sie fest an sich und wehmütig fragte er:

»Was sagst du da? Was ist denn nur passiert?«

Ein Stück Papier, völlig zerknüllt, fiel zu Boden und als Wayne Joyce in den Stuhl geholfen hatte, hob er dieses Knäuel auf.

»Ist das der Grund?«, fragte er.

Joyce blieb bewegungs- und wortlos.

In Waynes Händen raschelte es, als er dieses mysteriöse Schriftstück auseinanderfaltete. Fragend blickte er Joyce an und wollte sich damit ihr Einverständnis holen, die darauf geschriebenen Zeilen lesen zu dürfen. Joyce nickte und Wayne überflog die Nachricht schnell.

Für einen Moment schloss Wayne die Augen, und als er sie wieder öffnete, huschten seine Augen nochmals über das Blatt Papier, als könne er nicht glauben, was dort stand.

Fassungslos sah er Joyce an. Das ist also der Grund, dachte er und wusste nicht recht, wie er sich verhalten sollte.

»Joyce«, flüsterte er und Joyce sah zu ihm auf. Ihre Verzweiflung war ihr ins Gesicht geschrieben und auch Angst war darin zu erkennen. Wayne hatte auch Angst. Er hatte Angst, sie zu verlieren, denn er bezweifelte, dass alles zwischen ihnen so bleiben würde, wie es war.

»Was wirst du tun?«, fragte Wayne vorsichtig und musste sich beherrschen, den Schmerz, den er in seiner Brust verspürte, nicht durch ein paar Tränen lindern zu müssen.

Joyce zuckte mit der Schulter und gleichzeitig schüttelte sie mit dem Kopf.

»Ich weiß es nicht«, hauchte sie und bedeckte ihr Gesicht mit ihren Händen.

Wayne ließ das Papier zu Boden fallen und kniete vor Joyce hin. Er legte seinen Kopf in ihren Schoß und hauchte:

»Für mich hat dieser Brief nichts an meiner Liebe zu

dir geändert. Ich will, dass du das weißt.«

Joyce streichelte über sein Haar und zwang ihn sie anzusehen. Wayne war überrascht, denn Joyce` Gesichtsausdruck hatte sich völlig verändert. Sie lächelte ihn an und wie verwandelt fragte sie:

»Du meinst ...?«, sie stockte, »du meinst, du liebst mich trotzdem noch?«

Wayne gab ihr ein Lächeln zurück.

»Ich meine es, so wie ich es gesagt habe.«

Er suchte ihre Lippen und sie küssten sich innig.

»Ich liebe dich!«, wiederholte er dann.

Joyce` Verwunderung wuchs. Wie weich und einschmeichelnd seine Stimme klang.

Spielte er ihr etwas vor oder meinte er seine Worte ernst?

Er hatte den Brief gelesen und Joyce konnte es nicht glauben; Wayne würde ihr beistehen und sie hätten doch eine gemeinsame Zukunft? Wayne gestand Joyce seine Liebe und ihm war es anscheinend völlig gleich, dass Joyce ein Kind von Lilton erwartete.

Als Joyce vor einigen Wochen mit dem Auto nach Hause gekommen war, das Wayne ihr überlassen hatte, war Lilton ganz besessen darauf gewesen, mit diesem eine kleine Runde zu fahren, und sie fuhr mit. Er war so begeistert von dem Auto gewesen und diese Begeisterung übertrug sich auf sein Tun. Der Wagen war der Ort, an dem es passiert sein musste ...

Nachdem Joyce ihren Frauenarzt konsultiert hatte und früher als sonst nach Hause gekommen war, hatte sie Lilton mit Annabel unter der Weide erwischt. Und da sie hier draußen keinen Telefonanschluss hatte und auch an ihrer Arbeitsstelle eine Woche nicht zu erreichen war, musste ihr Gynäkologe ihr den Untersuchungsbefund per Post zukommen lassen. Allem

Anschein nach hatte der Schutz ihrer Antibabypille versagt, da sie wegen ihrer Kopfschmerzen starke Schmerzmittel zu sich nahm. Wenn sie sich wohlfühlen würde, bräuchte sie sich erst in vier Wochen wieder in der Praxis vorstellen, hatte ihr der Arzt außerdem mitgeteilt.

Jedoch Joyce fühlte sich wohl. Sie fühlte sich geborgen in Waynes Nähe.

Obgleich sie in den nächsten vielen Wochen öfter an Lilton denken musste - schließlich war es ja auch sein Kind, das sie unter ihrem Herzen trug - schmerzte sie die Erinnerung an ihn nicht mehr. Sie würde ihm nichts von diesem Kind mitteilen, denn oft genug hatte er ihr gegenüber geäußert, dass er keine Kinder wollte.

In Wayne hatte Joyce einen liebevollen Partner gefunden, der auch ihrem Kind Zuneigung entgegenbringen würde. Er zeigte ihr täglich, wie sehr er sie liebte. Danach hatte sie sich seit Jahren gesehnt. Aber ihrem Kind wollte sie eines Tages seine Abstammung erklären - ihr war bewusst, dass sie das tun musste, denn jeder Mensch hat das Recht zu wissen, wo er herkommt.

Das Einzige, was sie beschäftigte und was ihr ein wenig Unbehagen brachte, war, dass Wayne keine Anstalten machte, sie seinem Vater vorzustellen.

Allen Angestellten der Gesellschaft war es nicht verborgen geblieben, dass Wayne und Joyce sich liebten und auch der Miller duzte Joyce nicht mehr und trat ihr mit Respekt gegenüber.

Joyce wagte es nicht, Wayne nach seinem Vater zu fragen. Sie wusste, dass er der Sohn des Unternehmers war, aber sie wusste nicht, ob sie standesgemäß war und den Vorstellungen einer Schwiegertochter, die er sich wünschen würde, entsprach.

Sie hatte Waynes Vater noch nie zu Gesicht bekommen und auch in der Arbeit sprach niemand über ihn.

Der Herbst zog ins Land und Joyce erwartete die ersten Bewegungen in ihrem Leib. Doch es war noch zu früh und nichts dergleichen geschah. Aber es geschah etwas Anderes.

Wayne kam nicht mehr drum herum ...

Sein Vater verlangte nach ihm. Es war nicht so, als sähen sie sich selten, aber diesmal hatte Wayne einen Verdacht. Mit zweifelhaften Empfindungen, wie ein Kind, das bei einer Übeltat erwischt wurde, betrat er das Büro des Vaters.

»Guten Morgen, mein Sohn!«, begann sein Vater. Er blickte Wayne scharf an und meinte mit harter Stimme:

»Mir ist da was zu Ohren gekommen? Du liebst die neue Buchhalterin? Musstest du dich so gehenlassen?«

Wayne schaute zu Boden, denn ihm war bewusst, dass das Geheimnis um Joyce irgendjemand seinem Vater zugetragen hatte. Es musste ja soweit kommen, doch nun wollte er ihm seine Liebe zu Joyce gestehen.

Plötzlich strahlten seine Augen wie Sterne, ohne dass ihm das bewusst wurde. Er empfand ein Glücksgefühl und sein Herz begann schneller zu klopfen.

»Ja, Vater, ich liebe diese Joyce Angel, und ich werde sie nicht im Stich lassen. Sie ist schwanger, aber sie hat es erst nach der Trennung von ihrem Lebensgefährten erfahren.«

Waynes Vater warf ihm einen kurzen Seitenblick zu. Er zeigte keine Gefühlsregung.

Irgendetwas in Waynes Stimme beunruhigte ihn.

»Du hast einen Auftrag, du weißt was ich meine! Diese Frau kann uns teuer werden. Wir brauchen einen Beweis!«

Nun wandte er sich ab von Wayne und fragte:

»Hast du dein Diktiergerät immer dabei?«

»Ja, ich habe es immer dabei. Aber Vater, verstehst du nicht? Ich liebe diese Frau!«

Doch auch diese eindeutigen Worte ließen seinen Vater kalt.

»Ja, und du wirst auch das fremde Kind lieben, dass sie unter ihrem Herzen trägt?!«

Sein Vater zog die Brauen hoch und drehte sich wieder zu ihm.

»Ich werde das Kind lieben, so wie du mich liebst, Vater«, sagte Wayne mit starker Betonung.

»Das ist was Anderes, Wayne. Wie lange kennst du diese Frau? Du weißt nicht ...«

»Sie ist nicht so eine, wie es Mutter war, sie ist anders!«, unterbrach dieser ihn einfach.

Sein Vater konnte sich nicht vorstellen, dass diese Frau auf Dauer zufrieden sein würde. Seine Erinnerungen an Waynes Mutter ließen ihn ein einheitliches Bild für alle Frauen erstellen. Er scherte alle über einen Kamm.

»Ach, mach doch was du willst«, begann sein Vater wieder. Dann hielt er inne und seine Stirn überzog sich mit tiefen Falten.

»Ich will aber einen Beweis! Ich glaube es gibt ihn. Und du wirst ihn mir bringen! Ohne Wenn und Aber!«

Das waren die letzten Worte seines Vaters Brendon Cooper, denn er erhob sich und ließ Wayne mit all seinen zermarternden Gedanken allein im Büro zurück. Waynes Augen klebten sprichwörtlich an der Tür, durch die sein Vater verschwunden war. Wie sollte er sich verhalten? Damit stand er vor einer großen Entscheidung und sein Herz in seiner Brust schmerzte, als ob es sich in zwei Teile zerreißen würde ...

Joyce saß etwas zurückgelehnt in ihren Schreibtischstuhl. In ihrem Rückgrat spürte sie ein starkes Ziehen und mit der Hand streichelte sie zärtlich über ihren nunmehr kugelrunden Bauch.

»Hast du jetzt deine Turnstunde, mein Kleiner«, fragte sie mit Blick auf ihren Leib, in dem ihr ungeborener Sohn vergnüglich strampelte. Sich erholen wollend schloss Joyce die Augen und gönnte sich eine kurze Verschnaufpause.

Als sie nach einigen Minuten die Lider wieder hob, fiel ihr Blick auf das Fenster. Draußen tanzten weiße Schneeflöckchen und ein kräftiger Wind störte deren senkrechten Fall, denn er wirbelte sie wild wieder hoch. Es sah aus, als ob sich ein kräftiges Schneegestöber ankündigte. Joyce verspürte aber keine Angst deswegen, denn Wayne würde sie mit seinem Wagen sicher nach Hause bringen.

Minuten vergingen und Joyce war voller Glück. Ihr Herz pochte laut, denn eben gerade hatte sie daran gedacht, wie es wohl sein würde, wenn ihr kleiner David auf der Welt ist. Zusammen mit Wayne hatten sie ihre Pläne geschmiedet. Sobald der Frühling ins Land käme, wollte er sie beim Ausbau des Holzhauses unterstützen. Nach und nach könnte Joyce ihren Traum von der heilen Welt verwirklichen. Das Notwendigste würde vorerst reichen, um dort im Holzhaus ein angenehmes Leben führen zu können. Das kleine Darlehen, das sie bei der Bank beantragt hatte, würde sie erhalten. Waynes finanzielle Hilfe hatte sie abgelehnt. Doch sie ahnte, dass er bei der Bewilligung des Kredites, seine Hände mit im Spiel hatte.

Seit sechs Monaten trug sie das Kind eines Anderen unter dem Herzen, der sie nicht mit jeder Faser seines Herzens geliebt hatte. Mit Wayne an ihrer Seite könnte sie es sicherlich schaffen, eine gute Mutter zu sein. Verträumt starrte sie nun auf die vor ihr liegende Akte, als das Klingeln des Telefons sie aus ihren schönen Gedanken riss.

»Cooper Versicherungen, Finanzbuchhaltung, Joyce Angel am Apparat«, meldete sie sich, als sie den Hörer abnahm.

»Also, wissen Sie ... das kann doch nicht ihr Ernst sein«, hörte sie eine weibliche Stimme.
Die Frau am anderen Ende schluchzte, und obgleich ihre Worte eindeutig Unverständnis und auch etwas Wut verrieten, klangen sie wie ein verzweifelter Hilfeschrei.

»Hallo, wer ist denn da? Sie sprechen mit Miss Angel aus der Finanzbuchabteilung, Cooper Versicherungen«, wiederholte Joyce nochmals.

»Ja ... «, schluchzte die Frau wieder und schien sich die Nase zu schnäuzen.

»Dieses Unternehmen kann man sich in den Allerwertesten stecken, oder gleich in den Müll werfen«, schimpfte sie. »Sie sind das Gemeinste was mir je passiert ist.«

»Bitte Madam ...«, unterbrach Joyce sie. »Nennen Sie mir Ihren Namen und bitte beruhigen Sie sich doch!«
Für einen Augenblick blieb alles still und Joyce hielt den Hörer einige Zentimeter entfernt von ihrem Ohr in der Hand. Und damit tat sie ein Gutes.

»Sie wissen genau, wer ich bin!«, brüllte und fauchte die scheinbar verzweifelte Frau ganz unerwartet.

»Aber was ...?«, versuchte Joyce zu fragen und hielt den Hörer doch lieber in schützender Entfernung etwas höher über ihren Kopf.

»Sie sind ja so ungerecht!« Diese Worte rieselten Joyce nun sprichwörtlich von oben herab in ihr Ohr.

»Bitte ..., würden Sie mir sagen, was Sie damit meinen? Sie sprechen hier nur mit der Buchhaltung. Von irgendwelchen Versicherungsverträgen habe ich keine Ahnung. Ich weiß nicht, wer Sie sind und welches Problem Ihnen so zusetzt.«

»Wie? Warum?«, fragte die Frau kläglich. »Bin ich bei Ihnen nicht an der richtigen Stelle? Aber Sie arbeiten doch für diesen Sauhauf ...«
Das letzte Wort verschluckte sie halb, das konnte Joyce deutlich hören, denn es war eine Beleidigung.

»Meine Dame, bei mir sind Sie zwar nicht richtig um sich zu beschweren, aber bitte erklären Sie mir doch den Sachverhalt und ich kann ihr Anliegen weiterleiten!«, erklärte Joyce ruhig. »Hier handelt es sich um ein Missverständnis. Irgendwie müssen Sie in meine Leitung gerutscht sein«, fügte sie ebenfalls ruhig hinzu.

»Mein Name ist Benson, Mrs. Liza Benson«, sprach die Frau nun auch etwas beruhigter und wartete einen Moment, so, als wollte sie testen, ob Joyce ihr Name nicht doch bekannt wäre. Doch unwissend wie sie war, blieb Joyce sehr gelassen und fragte: »Und weiter, Mrs. Benson, ich höre Ihnen zu!«

»Na ja, ich bin die Mrs. Benson, deren Mann von der Chinareise nicht zurückkkam.«

»Und weiter!«, forderte Joyce und in ihr stieg Spannung auf.

»Sie wissen also wirklich nichts?«, fragte die Frau.

»Nein, das sagte ich doch. Was ist denn nur passiert?«, wollte Joyce endlich wissen.

»Seine dubiosen Geschäftsleute haben ihn, meinen Mann, ermordet. Ich weiß es, er hatte selbst die Vermutung und die Vorahnung gehabt, dass so etwas passieren könnte. Und trotzdem, er musste doch fahren. Er wird niemals wiederkommen.«

Jetzt weinte die Frau.

»Und jetzt?«, konnte Joyce nur fragen.

»Ihr Unternehmen will die Versicherungssumme nicht zahlen. Ich habe nur noch unsere einzige Tochter ... und was soll aus uns werden? Ich kümmerte mich um Kind und Haushalt und habe kein eigenes Einkommen. Das bisschen Geld, das wir gespart hatten, ist fast aufgebraucht. Die Versicherung hat mein Mann schon vor acht Jahren abgeschlossen, für den Fall der Fälle.«

In der kleinen Gesprächspause, die nun unweigerlich entstand, durchruckte es Joyce stark. Diese Worte lösten in ihr ein unheimliches Gefühl aus – für den Fall der Fälle? Waren das nicht auch die Worte, die ihr Vater in seinem Brief an sie wählte? Sollten diese Worte etwa bedeuten, dass ihr Vater auch ...?

Nein ...! Joyce schüttelte sich, um den Gedanken daran schnell wieder zu verwerfen. Doch vorsichtig begann sie zu fragen:

»Und da ihr Mann nicht zurückkam und sein Leichnam auch nicht auffindbar ist, bekommen Sie die Versicherungssumme nicht?«

»Genauso ist es. Aber ich weiß, dass er mich und unsere Tochter liebt. Er würde sich nicht verdrücken und mit einer jungen Chinesin dort ein neues Leben beginnen. Nein, das würde er nicht tun«, meinte Mrs. Benson mit ausdruckstarker Betonung.

Joyce lauschte diesen Worten und der Computerbildschirm, der ihren Augen schon lange das Pausenbild entgegenstrahlte, das einen Sonnenuntergang an einem Meereshorizont zeigte, machte sie immer nachdenklicher.

»Ich glaube Ihnen, Mrs. Benson«, antwortete Joyce leise und ihre Stimme verriet ihre Anteilnahme und ihr Verständnis, das sie für diese Frau aufbrachte.

»Haben Sie den Versicherungsvertrag genau durchgelesen, Mrs. Benson? Schauen Sie dort rein, dort wird doch Näheres erläutert sein?«, fiel Joyce als Lösung ein.

»Ich habe doch nichts mehr. Die vollständigen Unterlagen musste ich an Sie schicken«, antwortete Mrs. Benson hilflos.

»Heute erhielt ich diesen Brief von ihrer Gesellschaft, der für mich den Ruin bedeutet: Ihnen sind die Bestimmungen bekannt. Punkt. Der Anspruch ruht. Punkt. Hin und her. Bla ... bla ... bla ...«, fuhr Mrs. Benson fort. In der Ohrmuschel hörte es Joyce rascheln. Mrs. Benson zerknüllte scheinbar das Papier.

»Nichts werden wir bekommen. Nicht jetzt und nicht irgendwann. Punkt«, sprach sie und holte tief Luft.

»Wir sind vor zwei Jahren umgezogen. Und trennten uns nicht sechshundert Kilometer, würde ich jetzt nicht hier am Telefon mit Ihnen sprechen.«

»Ich werde ihr Anliegen prüfen, glauben Sie mir!«, versprach Joyce. »Irgendwas werde ich in Erfahrung bringen. Bitte rufen Sie mich morgen an, zur selben Zeit, Mrs. Benson!«, sprach Joyce und gab ihr zur Sicherheit die direkte Durchwahl in ihr Büro.
Mrs. Benson hatte sich beruhigt und Joyce für ihr Zuhören und das Versprechen, dass sie der Sache nachgehen würde, bedankt.
Joyce hoffte inständig, dass Mrs. Benson sich nicht an einen weiteren Mitarbeiter wenden würde. Sie konnte es ihr ja nicht verbieten, aber in dem Fall könnte sie keine weiteren Nachforschungen anstellen, um diese prekäre Situation zu klären, was vielleicht auch in ihrem eigenen Interesse wäre.

Nervös schaute Joyce auf die Uhr. Es war halb vier. Es würde nicht mehr lange dauern und Wayne würde hier erscheinen, um sie für heute nach Hause zu fahren. Wayne hätte Joyce das Arbeiten am liebsten verboten, aber das ließ sich Joyce nicht vorschreiben. Sie wollte, sie musste doch arbeiten. Und wenn sie Waynes Vater auch bis heute noch nicht zu Gesicht bekommen hatte, wollte sie doch vor ihm eines Tages nicht so dastehen, als hätte sie sich Wayne zur Finanzierung eines bequemen Lebens geangelt.

Schnell suchte sie ein paar Lebensversicherungspolicen und heftete sie in einem Ordner ab. Die Zeit, die sie im Büro verbrachte, war etwas knapp, um für Mrs. Benson in ihrer Angelegenheit nähere Auskünfte zusammenzustellen. Das könnte sie auch zuhause tun und ganz in Ruhe die Unterlagen durcharbeiten. Sie verspürte den starken Drang, dieser Frau helfen zu müssen, denn deren Schilderung über den Sachverhalt beschäftigte sie sehr.

Joyce hatte Recht behalten. Wayne kam und sie fuhren ins Holzhaus. Während Wayne duschte, saß Joyce mit dem dicken Ordner vor dem Kamin. Joyce` Augen schmerzten, denn die Schrift in den Unterlagen war winzig und bei dem schwachen Licht, dass das Kaminfeuer hergab, war es fast unmöglich alles zu entziffern. In seinen exquisiten Bademantel gehüllt, trat Wayne ins Zimmer und ging langsam auf Joyce zu.

»Was tust du da?«, fragte er etwas betroffen, und ohne die Unterlagen genauer zu fixieren, klappte er den Ordner einfach zu und meinte liebevoll:

»Schatz, du arbeitest ohnehin schon zu viel. Zuhause musst du dich doch entspannen!«

Er brachte den Ordner in die Diele und legte ihn achtlos auf die kleine Kommode.

Wayne kam mit einem Lächeln im Gesicht zurück und hockte sich vor Joyce hin. Er legte seinen Kopf in ihren

Schoß und meinte leise: »Das ist es, womit du dich beschäftigen musst!«

Zärtlich streichelte er Joyce` Bauch.

»Ich bin glücklich, dass du zu mir stehst, Wayne, ich liebe dich!«, hauchte sie ihm zu.

»Ich liebe dich tausendmal mehr«, wisperte Wayne.

»Wie fühlst du dich, Schatz?« Joyce lächelte.

»Aber sag´ klein David auch, dass es Zeit zum Ausruhen ist!«, forderte sie und drückte Waynes Kopf etwas stärker an ihren runden Leib.

»Ganz schön aktiv, der Kleine«, stellte Wayne fest, nachdem sich Joyce` Leib unförmig verbeulte.

»Gönn´ deiner Mutter eine Auszeit!«, schimpfte Wayne leise und streichelte über die kleine Beule, die sich in Joyce` Bauch gebildet hatte. Und als ob das ungeborene Kind Waynes Worte verstanden hätte und das Streicheln als eine beruhigende Liebkosung aufnahm, verschwand der starke Druck in Joyce` Leib und sie atmete erleichtert auf.

Wayne fragte: »Fühlst du dich nun besser?«

Joyce lächelte:

»In deiner Nähe fühle ich mich immer geborgen.«

Am nächsten Tag im Büro studierte Joyce die Unterlagen weiter. Sie forstete sich durch den Berg von Paragraphen und auch hier, im hellen Licht, war es eine kleine Herausforderung, die kleingeschriebenen Zeilen zu lesen. Sie war eine studierte Finanzbuchhalterin, von Versicherungen und deren Klauseln hatte sie aber keine Ahnung.

Nicht einmal den Vertrag für ihre Gebäudeversicherung, den sie auf Waynes Zureden abgeschlossen hatte, hatte sie sich genau durchgelesen.

Solch eine Absicherung sei sehr wichtig, hatte Wayne

ihr erklärt, denn das Haus und der Wald waren alles, was Joyce besaß.

Nun war Joyce gezwungen, da sie dieser Mrs. Benson Hilfe versprach, Paragraph für Paragraph genau unter die Lupe zu nehmen. Sie fand § 17 auf der Seite 21 und irgendwie konnte sie nicht recht glauben, was dort stand. Hier war eindeutig geschrieben: Mrs. Benson hatte nichts zu erwarten! Joyce las nicht weiter und lichtete die insgesamt 24 Seiten ab und schob sie in einen großen Umschlag.

Es war auch höchste Zeit.

Schon klingelte das Telefon.

»Cooper Versicherungen, Finanzbuchhaltung, Angel am Apparat«, meldete sich Joyce.

»Ich bin es, Mrs. Benson!«

»Ja, Mrs. Benson!«, wiederholte Joyce.

»Und?«, fragte Mrs. Benson.

Joyce holte tief Luft: »Ja, wenn ich nur anders könnte, aber ...«, stockte Joyce.

»Also haben Sie keine gute Nach ...?«, brach die Stimme ab.

Joyce schüttelte den Kopf, obgleich sie wusste, dass Mrs. Benson diese Geste nicht sah.

Eine kurze Pause entstand.

»Mrs. Benson, ich muss es Ihnen leider so hart sagen, aber solange der Leichnam ihres Mannes nicht gefunden wird, besteht der Verdacht auf Selbsttötung«, begann Joyce wieder. »Und laut Paragraph 17 ist die Gesellschaft nicht zur Zahlung verpflichtet.«

Nun war es heraus, doch Joyce war nicht wohler in ihrer Haut.

Mrs. Benson antwortete nicht, doch Joyce spürte, dass sie noch am Telefon war; Joyce konnte ihren Atem hören.

»Mrs. Benson?«, fragte sie. »Ich schicke Ihnen gern die kompletten Unterlagen zu, dann können Sie selbst noch einmal nachlesen. Es tut mir so Leid, aber ich kann Ihnen nicht anders weiterhelfen.«

Mrs. Benson weinte nun und Joyce suchte nach Worten, um sie trösten zu können, doch es fielen ihr keine ein.

»Ich weiß nicht ...«, flüsterte Mrs. Benson. »Ja, bitte schicken Sie mir die Unterlagen zu!«

Sie gab Joyce ihre Adresse und mit neuer Kraft in der Stimme forderte Mrs. Benson nochmals:

»Schicken Sie mir den Ramsch! Ich werde den Vertrag auseinandernehmen.« Ihre Stimme wurde leiser.

»Aber wenn ich auch etwas finde, einen Anwalt kann ich mir nicht leisten«, fügte sie traurig hinzu.

Joyce hatte dieser Frau nicht weiterhelfen können. Wie würde sie sich an ihrer Stelle fühlen? Ihr Mann wollte nur das Beste für seine Familie und doch hatte er nicht an alles denken können ...

Drei Tage später streckte Joyce ihre Beine unter dem Schreibtisch aus. Der Blick auf die Uhr zeigte ihr, dass sie den Bürostress für heute bald vergessen konnte. Es war kurz vor drei. Als ob Joyce intuitiv auf dieses Zeichen gewartet hatte, klingelte im gleichen Moment das Telefon. Joyce behielt Recht, am anderen Ende war Mrs. Benson.

Anfangs bedankte sich die Frau für die Unterlagen, die ihr Joyce zugesandt hatte, doch im nächsten Atemzug begann sie wieder äußerst aufgebracht auf die Gesellschaft zu schimpfen. Mrs. Benson erwähnte den Paragraph 17, der erst auf der letzten Seite der Police ausführliche Angaben machte. Joyce war schockiert über das, was sie nun erfuhr. Sie schämte sich, denn sie hatte den Vertrag nicht ganz bis zu Ende gelesen. Aber sie wollte ihre Unwissenheit darüber nicht zu erkennen geben und versuchte, die aufgebrachte Mrs. Benson zu beruhigen.

Doch die Frau ließ sich nicht beruhigen und steigerte sich in ihre Wut hinein. Letztendlich verlor sie ganz die Fassung und schrie in den Hörer, so dass Joyce diesen wieder von ihrem Ohr entfernen musste.

Am anderen Ende brüllte eine Furie und fluchte, schimpfte und beleidigte Joyce sogar. Da Joyce nicht zu Wort kam und bereits vor Aufregung am ganzen Körper zitterte, legte sie kurzerhand den Hörer auf.

In diesem Moment bereute sie es schmerzlich sich in Sachen eingemischt zu haben, die sie nichts angingen. Diese Behandlung hatte sie nicht verdient. Schnell programmierte sie das Telefon. Sie platzierte Mrs. Bensons Rufnummer in den Anruffilter. Zum Glück hatte Mrs. Benson bei ihrem Anruf ihre Rufnummer nicht unterdrückt und somit war es ein Leichtes für Joyce das zu tun.

Würde diese Frau nochmals versuchen, Joyce hier erreichen zu wollen, könnte sie sich nur mit dem Besetztzeichen streiten.

Noch etwas geistesabwesend holte Joyce die Unterlagen, die sie für Mrs. Benson kopiert hatte und holte nach, was sie versäumt hatte. Und wirklich, dort stand es schwarz auf weiß. Unglaublich, welche Rechte sich die Gesellschaft herausnahm. Joyce war sicher, niemand, der sich die ganzen 24 Seiten durchlas, würde solch einen Vertrag unterschreiben!

Aber scheinbar wurde davon ausgegangen, dass das niemand tat. Joyce schob die dicke Police unter einen Ordner und holte tief Luft. Kreidebleich und voller Gedanken saß sie da, als Wayne Minuten später eintrat.

»Hallo, mein Schatz, Feierabend! Entschuldigung, ich

habe mich etwas verspätet«, begrüßte er Joyce, doch sogleich zog er besorgt aussehend die Brauen hoch.

»Joyce, geht es dir nicht gut?«, fragte er fürsorglich.

»Ach, ich weiß auch nicht ... Doch, doch ... alles in Ordnung«, verbesserte sie sich.

»Aber ich mache mir Sorgen! Irgendetwas hast du doch?!«, sagte Wayne etwas ängstlich klingend.

»Es ist wirklich nichts. Ich war nur in Gedanken«, erklärte Joyce.

»In Gedanken?«, wiederholte er skeptisch.

Eigentlich wollte sie Wayne gestehen, dass ihr der Fall Benson, sehr nahe ging. Die Frau tat ihr tief im Inneren so Leid. Aber sie brachte es nicht fertig ihm davon zu erzählen. Unweigerlich würde er dann erfahren, dass sie sich in die Sache eingemischt hatte. Nein, sie wollte sich nicht vor ihm bloßstellen.

Nachdenklich rieb sie sich die Stirn. Aber der Drang, ihm die Wahrheit sagen zu müssen, stieg und es wurde unerträglich. Nun schaute sie ihm ins Gesicht, und in ihren Augen stand die Bitte um Verständnis.

»Ich finde es einfach unglaublich!«, brach es aus Joyce heraus. Wayne sah sie überrascht an und fragte kopfschüttelnd:

»Schatz, was meinst du? Du sprichst in Rätseln!«

Nun brach Joyce ihren Schwur, in ihr brodelten Neugierde und Unverständnis.

»Wer kommt nur darauf, solche Klauseln in einen Lebensversicherungsvertrag zu schreiben? Unglaublich, was die arme Mrs. Benson jetzt durchmachen muss!«

»Benson?!«, fragte Wayne und seine Stirn übersäte sich mit Falten.

»Was ... wie kommst du auf diesen Namen? Diesen Fall haben wir... wir...«, stotterte Wayne.

Fieberhaft sann er nach passenden Worten. Es war ihm,

als träfe ihn der Pfeil einer Armbrust mitten ins Herz. Wie konnte Joyce etwas über diesen Fall wissen? Wayne zwang sich zur Ruhe und sah Joyce sprachlos an. Joyce fühlte sich ertappt und nagte verlegen an ihrer Unterlippe.

Langsam atmete Wayne aus und sah an Joyce vorbei. Seine Gedanken kreisten wie in einem Karussell und er musste vorsichtig sein! Was wusste Joyce genau und weshalb hatte sie sich überhaupt für diesen Fall interessiert? Ein verstohlener Seitenblick zu Joyce verriet ihm, dass sie auf eine Antwort wartete.

Mutig fragte Wayne: »Du hast vom Fall Benson erfahren?«

Joyce nickte stumm. Doch dann stieg wieder Farbe in ihr Gesicht.

»Ist es nicht schlimm, dass die Frau keinen Cent zu erwarten hat?«

Wayne musste seine Gedanken ordnen. Er musste aufpassen, was er sagte, das war ihm bewusst.

»Joyce, ich weiß nicht wie du ..., mit solchen Sachen solltest du dich nicht belasten. Dafür gibt es andere Leute. Aber wenn du es wissen willst, so funktioniert das Geschäft eben«, erklärte Wayne vorsichtig.

»Ich finde es aber ungerecht, diese Frau so abzuspeisen. Wenn ich daran denke ...«, hielt sie inne. »Na, ja wenn es mich beträfe, was wäre wenn ...?«

»Komm, wir fahren nach Hause! Du musst dich nicht damit beschäftigen!«, lenkte Wayne schnell vom Thema ab.

Doch Joyce ließ sich nicht davon ablenken.

»Stell` dir vor, Wayne!«, stand sie vor ihm.

»Verschollen! Der Mann von Mrs. Benson ist verschwunden, wie mein Vater!«

Joyce sah Wayne direkt in die Augen.

»Wenn ich mir vorstelle, mein Vater hätte solch einen Vertrag unterzeichnet. Nein, dafür war er zu clever. Ich glaube, dass er seinen Tod wollte.«

»Das glaubst du?«, fragte Wayne.

Joyce nickte und umschlang Wayne sogleich mit ihren Armen.

»Ja, ich weiß nämlich nichts von einer Versicherung und solch einen Vertrag hätte er auch niemals unterschrieben«.

Wayne presste Joyce fest an sich und schloss die Augen, als er ehrlich meinte: »Doch, er hatte!«

Joyce löste sich aus Waynes Umklammerung und krächzte leise:

»Er hatte?«

Doch der Kloß in ihrer Kehle wuchs und verhinderte, dass sie ihre Entrüstung darüber laut aus sich herausbringen konnte. Sie rang nach Luft und starrte Wayne nur fassungslos an. Joyce betrachtete Wayne mit einem Blick, als wenn er plötzlich ihr Feind wäre.

Wayne bereute seine Ehrlichkeit sofort, denn jetzt hatte er den größten Fehler seines Lebens gemacht. Joyce war nicht dumm und sie würde sich alles mehr und mehr zusammenreimen.

In diesem Moment ahnte Wayne, dass er sie verlieren könnte.

»Es ist nicht so, wie du denkst«, versuchte er zu erklären, denn es gab viel zu erklären, wenn Joyce durch die Sache mit Mrs. Benson richtig auf dem Laufenden war.

Joyce` Kloß löste sich langsam und stockend sprach sie:

»Also so ist es?! Du ... auch du hast ... mich nur ...?«

Eine Kluft hatte sich zwischen ihnen aufgetan. Hastig griff Joyce nach ihrer Tasche.

»Ich halte das nicht aus! Ich werde verschwinden«,

brachte sie mühsam hervor.

»Such´ dir für deine Spielchen eine Andere«, ergänzte sie böse und verließ das Büro.

Ihr war, als bräche die ganze Welt zusammen. Wayne blickte stumm in den Raum. Was sollte er Joyce sagen? Sie würde ihm kein Wort glauben, sie würde ihm nicht zuhören, auch wenn er ihr alles zu erklären versuchte.

Unerwartet öffnete sich nochmals die Tür und Joyce ging zum Schreibtisch. Hastig zog sie die Police, die sie unter den Ordner versteckt hatte hervor, faltete sie zusammen und stopfte sie in ihre Manteltasche. Ohne Wayne eines Blickes zu würdigen sagte sie: »Versuch´ dein Glück jetzt bei Mrs. Benson! Sie ist sicherlich dein nächster Fall. Du brauchst doch einen Beweis! Vielleicht wird sie dir auch vertrauen, wenn du verschweigst, wer du bist.«

»Aber Joyce!«, sagte Wayne kleinlaut, obgleich ihn diese bösen Worte tief in seiner Brust schmerzten.

»Für Sie bitte, Miss Angel, oder Fall `Sowieso`. Besser Sie sagen, Fall `Ungeklärt`! Denn Sie haben ihr Ziel bei mir ja nicht erreicht«, sagte Joyce fremd und warf die Tür hinter sich ins Schloss.

Lange nachdem Joyce fortgegangen war, stand Wayne noch regungslos da. Langsam erwachte er aus seiner Erstarrung und schaute sich benommen um. Ohne Joyce fühlte er sich leer. Sollte er ihr folgen? Natürlich würde er das tun, doch das Vernünftigste wäre wohl, sie einige Stunden in Frieden zu lassen.

Wenn sie sich dann etwas beruhigt hätte, würde er ihr hinterherfahren. Doch der Blick aus dem Fenster beunruhigte ihn. Der Himmel zog sich zusammen. Gespenstisch pfiff der Wind und Wayne war in Sorge um Joyce. Allein im Holzhaus würde sie sich ängstigen. Doch er musste abwarten ...!

Der Wind wurde heftiger und Joyce hatte Mühe den PKW auf der Straße zu halten. Sie erschrak, als ein mittelgroßer Ast auf die Motorhaube prallte, doch sie erholte sich rasch und schon bog sie auf das Gehöft. So schnell sie konnte eilte sie ins Haus und verschloss die Tür.

Mit eiskalten Händen entfachte sie ein Feuer im Kamin, und um das Pfeifen des Windes zu übertönen, legte sie eine LP auf den Spieler.

Vor Kälte und Aufregung zitternd, hockte sie sich vor den Kamin, der nun bereits etwas Wärme in den Raum verteilte.

Wärmesuchend schob Joyce ihre Hände in die Manteltaschen, denn den hatte sie noch immer nicht vom Körper gestreift. Den Kopf nach hinten in den Nacken gelegt und mit geschlossenen Augen, versuchte Joyce sich zu beruhigen.

Erst wollte sie alle Last abwerfen und dann ihre zukünftigen Pläne schmieden; ohne Lilton und ohne Wayne - ganz für sich allein! Sie brauchte keine Schmarotzer, die ihr nur das Blut aussaugen wollten. Sie würde es auch allein schaffen!

Plötzlich spürte sie ein dickes Papier in der Manteltasche und zog es heraus. Verzweifelt blickte sie auf das Schriftstück, es war die Police, die sie mitgenommen hatte.

Im nächsten Augenblick verspürte sie den Drang, die vielen Seiten einfach ins Feuer zu werfen, doch irgendetwas hielt sie davon ab. Tränen liefen über ihr Gesicht und mit zitternden Händen las sie die ´Lüge´ auf der Waynes Liebe zu ihr beruhte. Im Anhang, auf der letzten Seite, dort stand es schwarz auf weiß, weshalb sich Wayne so sehr um sie bemüht hatte.

... auch wenn der Leichnam nicht auffindbar ist und doch der Verdacht einer Selbsttötung des Versicherungsnehmers besteht, nimmt sich die Gesellschaft das begründete Recht, Nachforschungen jeglicher Art anzustellen, um an eventuelle Beweise zu gelangen. Zu den Beweisen zählen im Einzelnen: Auskünfte behandelnder Ärzte über den gesundheitlichen Zustand des Patienten, Tagebuchaufzeichnungen, Briefe, die dem Inhalt nach auf einen Suizid deuten könnten, ect ...
Würde sich in der besagten Frist von acht Jahren keinerlei Beweis finden, zahlt die Gesellschaft 50% der vereinbarten Versicherungssumme an den in der Police genannten Begünstigten ...

Joyce schluchzte und wiederholte laut, »acht Jahre«!? Für Mrs. Benson war das noch eine lange Zeit, und sie und ihre Tochter müssten warten und wären bis dahin auf sich allein gestellt, was natürlich nicht die Absicht ihres Ehemannes gewesen war, aber für Joyce bedeutete es alles Andere als warten. Im Sommer vor acht Jahren war ihr Vater von dieser Schiffsfahrt nicht zurückgekehrt! Und wenn ihr Vater ...? Plötzlich erschien vor ihrem geistigen Auge die Silhouette ihres Vaters im schwachen Licht der lodernden Gehölze im Kamin. Joyce lächelte freudig.

»Vater, du hattest solch einen Vertag abgeschlossen?«, fragte sie in die Flammen vor ihr. Joyce halluzinierte und das Flackern der Flammen des Kamins erschien ihr, als sei es ein Nicken und Joyce` Gemütszustand veränderte sich. Ihre Haut begann zu kribbeln und ein eisiger Schauer zog über ihren Rücken. Sie fühlte sich mit einem Mal wie verwandelt. Jetzt wollte sie die ganze Wahrheit wissen. Weshalb hatte Tante Margarete nichts Dergleichen erwähnt? Sicherlich wollte sie nicht, dass Joyce sich falschen Hoffnungen hingab oder vielleicht glaubte ihre Tante, dass sie diesen Augenblick noch erleben würde? Leider nahm sie dieses Wissen darüber mit in ihr Grab. Existierte dasselbe Schreiben noch, das auch Mrs. Benson erst kürzlich bekam und ihr nur stockend am Telefon vorgelesen hatte? Wenn, wo könnte es dann sein?

Oben auf dem Speicher waren noch einige Kartons von Tante Margarete. Joyce war viel zu beschäftigt gewesen, eine neue Anstellung zu bekommen, als das sie sich mit dem alten Kram belasten wollte. Doch jetzt schöpfte Joyce Hoffnung. Würde sie dort oben fündig werden?

Joyce war fast rasend vor Neugierde und Wut auf Wayne, denn würde dieses Schriftstück wirklich existieren - so meinte sie - wäre Wayne nur mit ihr zusammen, um einen Beweis zu finden, damit die Gesellschaft nicht zahlen musste.

Das würde ich ihm nicht verzeihen, dachte sie wütend. Sie wollte wissen, was ihr eisernes Geheimnis, das Schweigen über den mysteriösen Brief des Vaters, der Gesellschaft kosten würde. Denn das war wohl der eindeutige Beweis, den Wayne nur von ihr gewollt hatte. Wayne und sein Vater sollten bluten! Um wie viel Geld es sich dabei handelte, davon hatte Joyce nicht einmal eine Vorstellung. Das war ihr auch ganz gleich, es musste Wayne nur verletzen können, dass sie sein falsches Spiel erkannt hatte.

Obgleich Joyce wusste, dass ihr Aufregung in ihrem

Zustand nicht guttat, kletterte sie, mit einer Taschenlampe ausgerüstet, die steile Bodentreppe hinauf. Einige Male pumpte sie frischen Sauerstoff in ihre Lungen und zwang sich dann zur Ruhe. Ihr Puls raste und augenblicklich wurde ihr schwarz vor Augen, doch sie schüttelte sich und wollte ihr Vorhaben durchziehen.

Stark bemühte sie sich, ihre Sinne bei sich zu behalten, obgleich es ihr große Anstrengungen abverlangte. Sie glaubte, sie hätte eh alles verloren, leider dachte sie nicht an das ungeborene Kind unter ihrem Herzen!

Das Licht der Taschenlampe zauberte gespenstische Schatten an die Wände, doch Joyce kramte mutig in den Kartons, die sorgfältig aufgestapelt waren. Tante Margarete war eine ordentliche Frau gewesen und deshalb fand Joyce schnell einen Hefter, in dem die alte Dame wohl alle wichtigen Dinge sorgfältig aufbewahrt hatte.

Joyce fand einige vergilbte, scheinbar uralte Briefe, und schon nach kurzer Betrachtung erkannte sie, dass es Liebesbriefe waren, die von ihrem Onkel stammten, der aus dem Krieg nicht heimgekehrt war.

Tante Margarete hatte nie wieder geheiratet, sie musste ihren Mann über alles geliebt haben. Sie hatte sich mit dem Leben begnügt, das ihr geblieben war. Doch was war das?

Hatte Joyce gefunden, wonach sie hier oben suchte? Der Briefkopf dieses Schreibens besagte schon fast alles. Cooper Versicherungen! Das Datum, es war das Jahr, als Joyce´ Vater verschwand. Joyce löste dieses Blatt aus dem Hefter heraus. Langsam studierte sie die darauf geschriebenen Zeilen, und sie glaubte zwischen Traum und Realität zu schweben. Ihr Vater hatte eine Versicherungspolice abgeschlossen, die sie nach seinem Tod zu einer reichen Frau gemacht hätte. Doch da er als verschollen galt, trat auch hier diese Klausel, von der im

Vertrag die Rede war, in Kraft. Und würde in acht Jahren kein eindeutiger Beweis gefunden werden, wäre Joyce mit 50% der Auszahlungssumme auch noch gut bedient und somit um sage und schreibe 95.000 Dollar reicher. Das war wie ein Lottogewinn, doch Joyce hatte nicht gespielt. Es waren ihre Gefühle, mit denen gespielt wurde. Der Einsatz war einfach zu hoch!

Sie hatte Wayne geliebt. Sie wollte nur glücklich sein. Das hatte Joyce wirklich nicht erwartet. Diese krasse Wahrheit überstieg Joyce` Vorstellungen und damit auch die Grenzen der Erträglichkeit. Joyce ließ die Taschenlampe fallen und vor ihren Augen flimmerte es. Auf dem eiskalten Dachboden, mit dem Brief in ihrer Hand haltend, nur ein schwarzes Nichts vor den Augen, sackte sie in sich zusammen ...

Jetzt war es fünf Minuten vor eins, vielleicht erreichte Wayne den zuständigen Arzt in der Klinik.

»Sehr nett, Mister Stone, dass Sie sich sehen lassen«, wurde Wayne begrüßt.

»Ich will Sie nicht lange stören, aber wie geht es Jo ..., Miss Angel?«, verbesserte er sich schnell.

»Den Umständen entsprechend gut«, antwortete Doktor Naylor.

»Ist sie jetzt ansprechbar?«

Der Arzt schüttelte den Kopf.

»Aber ihr Zustand ist stabil.«

Waynes zuvor gestraffte Schultern sackten zusammen.

»Ich muss nur ständig darüber nachdenken, ob das Baby nicht Schäden hat, nach dem Zusammenbruch, den Miss Angel erlitten hat.«

»Zu ihrem großen Glück haben Sie Miss Angel rechtzeitig in die Klinik gebracht, Mister Stone. Was das Baby anbetrifft, scheint es keinen gravierenden Schaden zu haben. Unter Umständen kommt es etwas früher als geplant auf die Welt. In solchen Situationen ist das oft der Fall. Das wäre weiter nicht tragisch, doch der Gemütszustand der Patientin lässt zu wünschen übrig. Es muss da noch etwas geben, was sie sehr belastet. Über irgendetwas war sie sehr erschrocken. Sie steht unter Schock. Wir haben sie ruhiggestellt, aber zuvor wiederholte sie wie im Trance immer wieder einige einzelne Worte, die keinen Zusammenhang ergaben. Es geht mich nichts an, aber es ist sehr eigenartig, dass sich eine hochschwangere Frau allein in eine solch gefährliche Situation begibt. Wenn Sie, Mister Stone, irgendwie dazu beitragen könnten, dass ihr jetziger Zustand sich positiv verändert, wären wir einen großen Schritt weiter.«

Doktor Naylor sah Wayne zweifelnd an und ließ dann seinen Blick den Flur entlangstreifen. Er tat so, als würde er schon erwartet werden.

»Ich weiß nicht ..., ich weiß ...«, stammelte Wayne.

»Ich bezweifle, dass meine Anwesenheit Miss Angel guttun könnte. Wir haben ...«, unterbrach er und suchte in seiner Hosentasche nervös nach einem Taschentuch.

»Vielleicht sind Sie der Schlüssel für eine Veränderung, Mister Stone«, meinte Doktor Naylor und streifte Wayne an der Schulter.

»Versuchen Sie es! Nur so werden Sie es herausfinden.«

Der Doktor verabschiedete sich und ließ Wayne in seiner Ungewissheit allein. Doch war es recht so. Nach dem Gespräch mit Doktor Naylor hatte Wayne wieder viel nachzudenken. Mit einer Illustrierten in der Hand verweilte er noch eine knappe Stunde in einem Stuhl sitzend unweit vor Joyce' Krankenzimmer. Und dann, während Wayne den Blick auf der schlafenden Joyce ruhenließ, ging ihm all das Geschehene nochmals durch den Sinn. Irgendwie hatte man ihr keine Chance gelassen, um sich zu entfalten, um ihr Leben in die richtigen Bahnen zu lenken. Von Lilton war sie nur ausgenutzt worden. Ob er sie jemals wirklich geliebt hatte? Wayne liebte sie, doch auch er hatte sie verletzt. Er wollte ihr doch kein Leid zufügen und seine Entscheidung stand nun felsenfest. Ganz gleich, was sein Vater über ihn denken würde, wenn Joyce ihn verstehen, ihm verzeihen könnte, würde er alles für sie tun. Joyce schlief und unverrichteter Dinge verließ Wayne das Krankenzimmer wieder ...

Als Wayne zum Fenster hinausblickte, sah er den Himmel in ein Morgenrot getaucht, das ihm fast den Atem raubte. Es gab immer einen neuen Morgen und man sollte für jeden dankbar sein, aber vor diesem neuen Tag hatte Wayne Angst.

Schon an diesem nächsten Tag, als er wieder Joyce` Zimmer betrat, musste er zeigen, was er wirklich für sie empfand.

Plötzlich schlug Joyce die Augen auf und sah Wayne forschend an. »Wayne, du?«, begann sie und verschlukkte den Rest. Er lächelte verlegen.

»Guten Tag, Mister Stone!« Joyce` Stimme klang plötzlich fest und ihre unbewegte Miene verriet nichts von dem Gefühlsaufruhr, den er in ihr ausgelöst hatte. Sie hatte sich auf dieses Wiedersehen vorbereitet und sie hatte sich sogar eingebildet, ausreichend gewappnet zu sein. Als er nun aber neben ihr am Bett stand, war es um ihre Fassung geschehen. Sie liebte ihn, doch sie wollte ihre Gefühle nicht mehr zeigen. Zu sehr hatte er ihr wehgetan.

»Was wollen Sie hier?«, fragte sie förmlich und

wandte den Blick zum Fenster.

»Joyce, bitte ...«, flehte er leise.

»Ich will niemanden sehen. Ich habe genug, genug von allen Männern der Erde. Alles Betrug und Berechnung um mich herum und nun auch noch ... du.«
In diesem Satz hatte sie ihn wieder geduzt und eine Träne löste sich aus den Augen.

»Aber Joyce, ich ...«, versuchte es Wayne wieder.

»Ich will nichts hören!«, schnitt ihm Joyce das Wort ab. »Ich will nur meine Ruhe!«
Wayne erhob sich und suchte ihre Augen.

»Es ist nicht so, wie du glaubst, Joyce!«, meinte er beschwörend.
Jetzt sah Joyce ihn an und ihr Blick war abweisend und bitter.

»Es ist nicht so?«, wiederholte sie fragend.

»Ich habe es doch schwarz auf weiß. Genau wie Mrs. Benson es sein wird, war ich nur ein Opfer für dich und du wolltest mich aushorchen.«

»Nein, Joyce«, unterbrach er sie und griff nach ihrer Hand.

»Doch!«, sagte sie böse und ihre Augen sprühten vor Zorn.

»Verschwinde aus meinem Leben!«, schrie sie ihn nun an.
Entsetzt gab Wayne ihre Hand frei und ging zur Tür.

»Wir werden morgen weiterreden. Ich liebe dich, Joyce!«, sagte er traurig und wollte die Türklinke hinunterdrücken.
Doch Joyce richtete sich auf und mit tränenüberströmtem Gesicht schluchzte sie:

»Du kannst dich vor deinem Vater brüsten. Ich will nichts von der Gesellschaft. Du kannst den Beweis haben.«

Wayne ließ die Klinke los. Beweis! hallte es mehrmals in seinen Ohren. Sie hat tatsächlich einen Beweis!? fragte er sich und kämpfte mit seiner Erregung, die bis ins Unerträgliche zu schnellen schien. Fassungslos sah er sie an.

»Du hast also einen Beweis?«, fragte er erstaunt.

»Ja«, erwiderte sie und legte sich zurück ins Bett.

»Das ist es doch, was du in all den Monaten von mir wolltest«, sprach sie weiter und weinte leise.
Wayne eilte auf sie zu.

»Dann gib´ mir den Beweis!«, forderte er und beugte sich über sie.

»Ich habe ihn nicht dabei«, schluchzte sie mit geschlossenen Augen.

»Das glaube ich dir nicht«, sagte Wayne und näherte sich ihrem Gesicht.

»Hier und jetzt wirst du mir den Beweis geben«, sagte er streng. Joyce öffnete die Augen.

»Ich kann nicht, der Brief ist ...«
Wayne drückte seine Lippen auf die ihren, seine Arme pressten sie an sich. Joyce wollte sich wehren, brachte es aber einfach nicht fertig. Als er sie losließ, meinte er leise:

»Beweise, dass du mich liebst, werde meine Frau!«

»Aber ...«, begann Joyce.

»Nichts Aber«, sprach Wayne und küsste sie erneut.

»Du musst also nicht ...«, begann sie.

»Meinem Vater Rechenschaft ablegen?«, vollendete er Joyce` Frage. Joyce nickte.

»Jahrelang hegte ich die Vorstellung, dass ich, wenn ich nur hart und ausdauern arbeitete, das Rätsel würde lösen können. Aber es war nicht der fehlende Beweis, den ich von dir wollte! Schon vor fast acht Jahren, als ich deiner Tante Margaret die traurige Nachricht zu-

senden sollte, dass du vorerst nichts von der Versiche-
rungsleistung bekommen würdest, musste ich dieses
Mädchen - nämlich dich - sehen.

Ich wollte wissen, wer du bist, Joyce Angel! Persönlich
überbrachte ich deiner Tante die schlechte Nachricht, in
der Hoffnung ihr es so schonender beizubringen. Und
ich wollte dich bei ihr finden. Es waren Ferien und du
warst süße sechzehn Jahre alt. Ich hatte Glück, denn du
warst da.«

Wayne hielt inne, sah Joyce fest an und gab ihr Zeit
nachzudenken. Und Joyce fiel es wie Schuppen von den
Augen. Es war, als würde ein Damm in ihrem Innern
brechen.

»Du ..., du bist der Mann in dem feinen Anzug,
ich ...«, stotterte Joyce. Wayne nickte.

»Und du hast mich nicht beachtet. Erinnerst du
dich?«, fragte er ruhig.

Joyce presste die Lippen aufeinander und sprach entschuldigend:

»Du warst so konvent ...«

»Spießig gekleidet?«, fragte Wayne.

»Ja«, gab Joyce ehrlich zu.

»Auf so etwas steht man nicht, wenn man ein Teenager ist«, meinte Wayne weiter.

Joyce schüttelte den Kopf.

»Aber für einen kurzen Moment sahst du mir ins Gesicht und da war es um mich geschehen«, erklärte
Wayne.

Joyce nagte an ihrer Unterlippe. Jetzt wusste sie, wo
und wann sie Waynes Gesicht zuvor gesehen hatte. In
all den Jahren hatte auch sie in ihrem Unterbewusstsein
an ihn gedacht. Seine feine Aufmachung hatte sie von
seiner gesamten Gestalt abgelenkt und so konnte sie
sich nicht mehr genau erinnern. Nun sah sie ihn wieder

vor sich und das Rätsel war gelöst. Vor ihrem geistigen Auge sah sie ihn wie vor knapp acht Jahren.

In einen hellen Anzug gekleidet blickte er sie auf der Türschwelle stehend an, als sie gerade unter der alten Eiche saß und vertieft in ihre Gedanken einige ´Hieroglyphen´ in einen Hefter kritzelte.

»Ich liebte dich vom ersten Augenblick an«, gestand Wayne.

Joyce` Blick klärte sich. Träumerisch meinte sie:

»Ich glaube, ich liebe dich auch schon sehr lange.«

Schnell richtete sie sich auf und suchte Waynes Hand.

»Aber wie soll es weitergehen? Was ist mit deinem Vater?«, fragte sie besorgt.

Wayne drückte fest ihre Hand.

»Nun, du weißt doch wer mein Vater ist. Wer wird wohl sein Nachfolger sein?«, fragte er und mit einem Mal wurde ihm richtig bewusst, dass er mit seiner ehrlichen Liebe zu Joyce viel zu lange geschwiegen hatte.

»Mein Vater, der alte Brendon Cooper, ist alt und schwer herzkrank. Meinst du nicht, ein kleiner Enkelsohn würde sich auf seinem Schoß ganz gut machen?«, fügte er hinzu und seine Augen leuchteten wie zwei lichtbestrahlte Facetten.

»Aber es ist nicht ...«, hielt Joyce inne.

»Mein eigenes Kind?«, sagte Wayne und winkte ab.

»Ich bin auch nicht der leibliche Sohn meines Vaters, und er liebt mich über alles. Meine Mutter war nicht wie du. Sie hätte den Namen meines Vaters nicht einmal nennen können. Aber das ist jetzt unwichtig.«

Nachdenklich schweifte sein Blick zum Fenster hinaus.

»Aber du bist bei mir, ...«, stellte Wayne fest.

»Ich verstehe, was du meinst, Schatz! Aber lass mich erst unseren ersten Sohn gebären. Wenn Gott es will ...«, stockte sie und verschmitzt blickte sie Wayne

an, »... wird es vielleicht ganz schön eng auf Schwieger-
papas Schoß.«

Lange hatte sie nicht von Gott gesprochen, denn das
Schicksal hatte ihr übel mitgespielt und ihr die liebsten
Menschen genommen. Doch jetzt konnte sie wieder
hoffen und sie glaubte an eine schöne Zukunft mit
Wayne. Und sie wurde nicht enttäuscht ...

Fünfzehn Jahre später

Die große Eiche, an die sich Joyce gelehnt hatte, als sie
und Wayne zum ersten Male miteinander sprachen,
stand noch. Ihre knorrigen Äste breitete sie weit über
das Anwesen und mit dem Rücken an ihrem Stamm,
Schutz vor der brennenden Sonne genießend, saß David
im Grase. Sein Blick schweifte hinüber zu dem großen,
mit herrlichen Verzierungen versehenden Holzhaus, das
mit seiner pompösen Größe schon einem kleinen
Schlösschen ähnelte. Seine Gedanken kehrten langsam
in die Gegenwart zurück. Er schaute über das große
Gehöft und es war ihm, als sähe er nun alles mit anderen
Augen.

Auf der breiten Schaukel, unweit des riesigen Schwim-
mingpools, juchzten laut seine Geschwister Kyra und
Janet.

Tante Mary, die zu Besuch war und die selbst keine
Kinder haben konnte, machte ihre Späße mit den Klei-
nen. Onkel Garry, Marys Ehemann, krümmte sich vor
Lachen und genoss diese Spielereien sehr.

Beide wohnten nicht weit entfernt und waren oft hier zu
Gast. Sie hatten sich in der Lichtung des Waldes, wo
wohl einst nur eine alte Weide stand, ein Häuschen
gebaut.

Auf der Terrasse saß Davids Mutter und auf ihrem Schoß wimmerte Klein Rafe, Davids jüngster Bruder. Der Kleine hatte wohl keine Lust seinen Nachmittagsbrei zu sich zu nehmen und Mutter redete fürsorglich auf ihn ein.

Großvater Brendon, der nun mittlerweile auf die sechsundachtzig zuging, saß neben den beiden. Er hatte vor über dreizehn Jahren das Unternehmen seinem Sohn Wayne übergeben und sich völlig aus dem Geschäft zurückgezogen. Seitdem ging es ihm gesundheitlich wesentlich besser und die Freude an seinen Enkeln verjüngte ihn geradezu.

Plötzlich hob er die Hand und winkte lebhaft. Sein Sohn Wayne, der in seinem schnittigen Mercedes saß und die mit Granitsteinen gepflasterte Auffahrt herankam, näherte sich langsam dem Holzhaus.

Hier, wo David aufgewachsen war, lag kein Hauch von Intrigen. Hier fühlte er sich geborgen. Er wusste seit Längerem, dass Wayne sein Stiefvater war, jedoch hatte er das nie zu spüren bekommen und deshalb auch kaum darüber nachgedacht.

Seine Eltern liebten ihn ebenso, wie seine drei Geschwister, und auch für Großvater Brendon war er stets sein erster Enkel, den er am liebsten später als Waynes Nachfolger im Unternehmen sehen würde. Doch darüber hatte David sich noch gar keine Gedanken gemacht. Er wusste, dass seine Eltern ihm zwar eine gute Ausbildung ermöglichten, ihn aber in seiner Berufswahl zu nichts drängen würden, was er nicht selbst wollte.

David nachdenklicher Blick sank zurück auf seinen Schoß. Dort lag, noch aufgeschlagen, ein Buch, das ihm seine Mutter zum 15. Geburtstag geschenkt und mit einer Widmung an ihn versehen hatte. Er hatte schon einige ihrer Kinderbücher und Jugendromane gelesen und war stolz darauf, dass sie mit ihren Büchern zu den vielgelesenen Schriftstellern gehörte. Doch dieses Buch hatte ihn zutiefst berührt.

Obwohl er nie gefragt hatte, waren seine Eltern wohl der Meinung gewesen, dass er nun alt genug sei, um die ganze Wahrheit über seine Herkunft zu erfahren. Dieser Roman hatte ihm alles enthüllt und die Gefühle, die ihn jetzt durchströmten waren von Dankbarkeit und Liebe zu seiner Familie geprägt.

David schloss das Buch. Nun wusste er, warum seine Mutter es ihm gewidmet hatte und wie, um es noch inniger zu begreifen, las er laut:

Für David

> Joyce` Vermächtnis
> Hinterhältige Klausel
> Autorin: Joyce Angel - Stone

Weitere Romane der Autorin

ISBN: 13:9783837015911

ISBN: 13: 9783833484575

TÖDLICHE ESKAPADEN

AMNESIE-
GRAUSAME WAHRHEIT

AMNESIE - GRAUSAME WAHRHEIT

Liza erwachte, wie aus einem Traum. Doch es war kein Traum! Und als sie endlich zurück in die Realität fand, begann für sie ein bitterlicher und schwerer Weg – alleingelassen und auf sich gestellt: Die Suche nach dem eigenen »I-C-H«

Ihre Unwissenheit zeichnete sie und machte sie labil. Doch ihr liebes und unschuldiges Wesen erweckte in Steven einen Beschützerinstinkt und er vergaß sein Rachegefühl ihr gegenüber. Zusammen gingen sie den langen Weg durch den dunklen Tunnel Lizas Vergangenheit.

Maßlos erschütternde Erkenntnisse trieben sie an die Grenzen ihrer realen Vorstellungen und sie kämpften hart gegen ihre schmerzlichen Emotionen. Nur durch Stevens Halt und seiner wahren Liebe zu Liza schafften sie es gemeinsam, die wichtigsten Rätsel zu lösen, um letztendlich ihren Seelenfrieden und ihr Glück zu finden.

Doch da war noch ein kleines Feuer, das langsam erlosch und dieses flackernde Licht am Horizont, blieb für die beiden ein ewiges und ungelöstes Rätsel der Natur …(!)

Und nur der Leser kennt die ganze Wahrheit …

Merkmale
UNFAIR, SKRUPELLOS, PERFIDE

TÖDLICHE ESKAPADEN

Ein mit Rotwein begossenes Inserat jagt Lilli panische Angst ein, denn es sieht aus, als hätte man damit Blut weggewischt …

Dann verschwindet ihre Freundin Zoey spurlos und an ihrem letzten Aufenthaltsort findet die Polizei etwas Grauenhaftes –
DIE LEICHE EINES MANNES

**Merkmale
IRRATIONAL, INFAM,
PSYCHISCH KRANK**

DIE AUTORIN DANKT

Wieder möchte ich es unbedingt erwähnen und einen großen und besonderen Dank an Frau Elvira Enge richten.

Scheinbar selbstverständlich übernimmt sie nun bereits seit vielen Jahren das wichtige und sehr zeitraubende Überarbeiten meiner Manuskripte.

DANKE!